T R A N Z L A T Y

El idioma es para todos

Jezik je za vse

Las Aventuras de Alicia en el País de las Maravillas

Aliceine Dogodivščine v Čudežni Deželi

Lewis Carroll

Español / Slovenščina

Alicia empezaba a cansarse mucho
Alice se je začela zelo utruditi
Estaba sentada junto a su hermana en el banco de hierba
sedela je poleg sestre na travnatem bregu
Pero ella no tenía nada que hacer
vendar ni imela ničesar opraviti
Su hermana estaba leyendo un libro
njena sestra je brala knjigo
una o dos veces Alicia echó un vistazo al libro
enkrat ali dvakrat je Alice pokukala v knjigo
Pero el libro no contenía imágenes ni conversaciones
Toda v knjigi ni bilo slik ali pogovorov
«¿De qué sirve un libro sin imágenes?», pensó Alicia
»Kakšna korist ima knjiga brez slik?« je pomislila Alice
"¿Por qué un libro no tendría conversaciones?"
"Zakaj knjiga ne bi imela pogovorov?"
Pero tenía otras cosas que considerar
vendar je morala razmisliti o drugih stvareh
"Hacer una cadena de margaritas sería un placer"
"Izdelava verige marjetic bi bila užitek"
"¿Pero vale la pena el esfuerzo de levantarse y recoger las

margaritas?"
"Toda ali je vredno truda, da vstaneš in pobereš marjetice??"
No era tan fácil pensar en esto
O tem ni bilo tako enostavno razmišljati
porque el día la estaba haciendo sentir somnolienta y estúpida
ker se je zaradi dneva počutila zaspano in neumno
Pero de repente sus pensamientos se vieron interrumpidos
toda nenadoma so bile njene misli prekinjene
un conejo blanco de ojos rosados corrió cerca de ella
Beli zajec z rožnatimi očmi je tekel blizu nje

No había nada demasiado notable en el conejo
Pri zajcu ni bilo nič preveč izjemnega
y Alicia tampoco pensó que el conejo fuera notable
in tudi Alice se zajcu ni zdel izjemen
ni le extrañó que el Conejo hablara
niti je ni presenetilo, ko je Zajec spregovoril
"¡Oh, Dios mío! ¡Llegaré demasiado tarde!", se dijo a sí mismo
»O dragi! Prepozno bom!« je rekel sam sebi
pero entonces el Conejo hizo algo que los conejos no hacían
potem pa je zajec naredil nekaj, česar zajci niso storili

el Conejo sacó un reloj del bolsillo de su chaleco

Zajec je iz žepa telovnika vzel uro

Miró la hora y luego se apresuró a seguir adelante

Pogledal je čas in nato pohitel naprej

Alicia se puso en pie, asombrada

Alice se je začudeno postavila na noge

¡Nunca antes había visto un conejo con chaleco!

še nikoli prej ni videla zajca z telovnikom!

¡Tampoco había visto nunca un conejo con reloj!

niti nikoli ni videla zajca z uro!

Alicia ardía con una nueva curiosidad

Alice je gorela od nove radovednosti

y corrió por el campo tras el Conejo

in tekla je čez polje za Zajcem

Llegó justo a tiempo para ver desaparecer al conejo

bila je ravno pravočasno, da je videla, kako zajec izgine

El conejo saltó a una gran madriguera

zajec je skočil v veliko zajčjo luknjo

¡En otro momento, Alicia bajó detrás del conejo!

V drugem trenutku je Alice šla za zajcem!

La madriguera del conejo seguía recto como un túnel

Zajčja luknja je šla naravnost kot predor

Y el túnel siguió avanzando a cierta distancia

in predor je šel še nekaj časa

Y entonces el camino de repente se hundió

in potem se je pot nenadoma spustila navzdol

Alicia no tuvo ni un momento para pensar en detenerse

Alice ni imela niti trenutka, da bi pomislila, da bi se ustavila

Se encontró a sí misma cayendo y abajo y abajo

Ugotovila je, da je padala navzdol in dol in navzdol

Parecía como si hubiera caído en un pozo muy profundo

zdelo se je, kot da je padla v zelo globok vodnjak

O el pozo era muy profundo, o ella caía muy lentamente

Ali je bil vodnjak zelo globok ali pa je padla zelo počasi

porque tenía tiempo de sobra para caer

ker je imela dovolj časa za padec

Mientras caía, podía mirar a su alrededor

ko je padala, se je lahko ozirala okoli sebe

Primero, trató de averiguar a dónde iba

Najprej je poskušala ugotoviti, kam gre

Pero el pozo estaba demasiado oscuro para ver nada

toda vodnjak je bil pretemen, da bi karkoli videl

Luego miró a los lados del pozo

nato je pogledala stranice vodnjaka

Y se dio cuenta de que había armarios a su alrededor

in opazila je, da so povsod okoli nje omare

y alrededor del pozo había estanterías de libros

in povsod okoli vodnjaka so bile police s knjigami

Aquí y allá veía mapas y cuadros colgados de perchas

Tu in tam je videla zemljevide in slike, obešene na kljukicah

Al pasar, bajó un frasco de una de las estanterías

Ko je šla mimo, je z ene od polic vzela kozarec

El frasco estaba etiquetado por su contenido

kozarec je bil označen zaradi svoje vsebine

"MERMELADA DE NARANJAS"

"MARMELADA IZ POMARANČ"

Pero, para su gran decepción, el frasco de mermelada estaba vacío

toda na njeno veliko razočaranje je bil kozarec marmelade prazen

No quería dejar caer el tarro de mermelada vacío

ni hotela spustiti praznega kozarca marmelade

y su caída fue muy lenta

in njen padec je bil zelo počasen

Así que se las arregló para poner el frasco de mermelada en uno de los armarios

Tako ji je uspelo dati kozarec marmelade v eno od omaric

¡Abajo, abajo, abajo, ella cae!

Dol, dol, dol pade!

¿Llegaría alguna vez la caída a su fin?

Se bo padec kdaj končal?

No había nada más que hacer

Ničesar drugega ni bilo mogoče storiti

así que Alicia pronto empezó a hablar consigo misma

zato se je Alice kmalu začela pogovarjati sama s seboj

—¡Dinah me echará mucho de menos esta noche, creo!

"Mislim, da me bo Dinah nocoj zelo pogrešala!"

Dinah era la gata de Alicia

Dinah je bila Alicina mačka

"Espero que se acuerden de su plato de leche a la hora del té"

"Upam, da se bodo spomnili njenega krožnika z mlekom v času čaja"

—¡Dinah, querida, desearía que estuvieras aquí abajo conmigo!

"Dinah, draga moja, želim si, da bi bila tukaj z mano!"

Alicia sintió que se estaba quedando dormida

Alice je čutila, da zadrema

Y de repente, ¡pum! ¡golpe!

In potem nenadoma udarec! Udarec!

Cayó sobre un montón de palos

navzdol je padla na kup palic

y aterrizó sobre un montón de hojas secas

in pristala je na kupu suhega listja

Y finalmente la larga caída por el agujero había terminado

in končno je bil dolg padec v luknjo končan

Alicia no estaba herida en lo más mínimo

Alice ni bila niti malo poškodovana

Y se levantó de un salto en un momento

in v trenutku je skočila

Alzó la vista, pero todo estaba oscuro sobre su cabeza

Pogledala je navzgor, vendar je bilo nad glavo vse temno

Frente a ella había otro largo pasillo

Pred njo je bil še en dolg hodnik

y el Conejo Blanco seguía a la vista

in Beli zajec je bil še vedno na vidiku

Corría por el pasillo

hitel je po hodniku

No había un momento que perder

Ni bilo trenutka, ki bi ga bilo treba izgubiti

Alicia salió corriendo como el viento

Alice je tekla kot veter

A la vuelta de la esquina giró el conejo
Za vogalom se je obrnil zajec
Llegó justo a tiempo para oír al conejo
bila je ravno pravočasno, da sliši zajca
"Oh, mis orejas y bigotes"
"Oh, moja ušesa in brki"
"¡Qué tarde se está haciendo!"
"Kako pozno je!"
Estaba muy cerca del conejo
Bila je tik za zajcem
Dobló otra esquina
Obrnila se je za drug vogal
pero el Conejo ya no se dejaba ver
toda zajca ni bilo več mogoče videti
Se encontró en un pasillo largo y bajo
Znašla se je v dolgi, nizki dvorani
La sala estaba iluminada por una hilera de lámparas de techo
Dvorana je bila osvetljena z vrsto stropnih svetilk
Había puertas por todo el pasillo
Vrata so bila povsod po hodniku
pero todas las puertas estaban cerradas con llave
Toda vsa vrata so bila zaklenjena
Caminó por un lado del pasillo
Sprehodila se je po eni strani hodnika
Y ella había caminado todo el camino hasta el otro lado de la sala
in hodila je vso pot navzgor na drugo stran hodnika
Había intentado todas las puertas
poskusila je vsa vrata
Y caminó tristemente por el centro del pasillo
in žalostno je hodila po sredini hodnika
"¿Cómo voy a volver a salir?"
"Kako bom še kdaj prišel ven?"

De repente se encontró con una mesita
Nenadoma je prišla na majhno mizico
La mesa estaba hecha completamente de vidrio macizo
miza je bila v celoti izdelana iz masivnega stekla
No había nada sobre la mesa, excepto una pequeña llave dorada
Na mizi ni bilo ničesar drugega kot majhen zlati ključ
¡La llave podría pertenecer a una de las puertas!
Ključ bi lahko pripadal enim od vrat!
Pero, ¡ay! Algunas de las cerraduras eran demasiado grandes para las llaves
ampak, žal! Nekatere ključavnice so bile prevelike za ključe
y para las otras cerraduras la llave era demasiado pequeña
za druge ključavnice pa je bil ključ premajhen
Pero, en cualquier caso, la llave no abrió ninguna de las puertas
toda v vsakem primeru ključ ni odprl nobenih vrat
Pero, ¿qué iba a hacer ella?
Toda kaj naj stori?
Volvió a atravesar el pasillo
Spet je šla skozi hodnik
Y esta vez se fijó en una cortina baja
in tokrat je opazila nizko zaveso

Detrás de la cortina había una puertecita
za zaveso so bila majhna vrata
La puerta tenía unos quince centímetros de alto
vrata so bila visoka približno petnajst centimetrov
Probó la pequeña llave dorada en la cerradura
Poskusila je z majhnim zlatim ključem v ključavnici
Y para su gran deleite, ¡la llave encajó en la cerradura!
in na njeno veliko veselje se je ključ prilegal ključavnici!
Alicia abrió la puerta
Alice je odprla vrata
Y encontró que la puerta daba a un pequeño pasillo
in našla je, da vrata vodijo v majhen hodnik
El corredor no era mucho más grande que una madriguera de ratas
hodnik ni bil veliko večji od podgane luknje
Se arrodilló y miró a lo largo del pasillo
Pokleknila je in pogledala po hodniku
Y ella vio el jardín más hermoso que jamás hayas visto
in videla je najlepši vrt, ki ste ga kdaj videli
¡Cómo anhelaba salir de ese oscuro salón
kako je hrepenela po temni dvorani
cómo quería vagar entre esas flores brillantes
Kako se je želela sprehajati med temi svetlimi cvetovi
¡Qué genial se veían esas fuentes
Kako kul osvežujoče so bile te fontane
Pero ni siquiera podía meter la cabeza por la puerta
vendar ni mogla niti glave spraviti skozi vrata
-¡Oh! -exclamó Alicia con tristeza-
»Oh,« je žalostno rekla Alice
"¡Cómo desearía poder plegarme como un telescopio!"
"Kako si želim, da bi se lahko zložil kot teleskop!"
"Creo que podría plegarme como un telescopio"
"Mislim, da bi se lahko zložil kot teleskop"
"Si supiera cómo empezar"
"če bi le vedel, kako začeti"
Alicia volvió a la mesa
Alice se je vrnila k mizi

Existía la posibilidad de encontrar otra llave
Obstajala je možnost, da bi našli drug ključ
O podría haber un libro de reglas
ali pa morda obstaja knjiga pravil
El libro podría decirle cómo plegarse como un telescopio
Knjiga bi ji lahko povedala, kako se zložiti kot teleskop
Esta vez encontró una botellita
Tokrat je našla majhno steklenico
—Esta botella no estaba aquí antes —dijo Alicia—
"Te steklenice zagotovo ni bilo tukaj prej," je dejala Alice
**y atada alrededor del cuello de la botella había una etiqueta
de papel**
okoli vratu steklenice pa je bila privezana papirnata nalepka
La etiqueta estaba bellamente impresa en letras grandes
Etiketa je bila lepo natisnjena z velikimi črkami
"BÉBEME"
"PIJ ME"
—No, miraré primero —dijo ella—
"Ne, najprej bom pogledala," je rekla
"Veré si la botella está marcada como venenosa o no"
"Videl bom, ali je steklenica označena kot strupena ali ne,"
porque nunca olvidó la lección sobre el veneno
ker nikoli ni pozabila lekcije o strupu
**"Si una botella está etiquetada como venenosa, es probable
que no esté de acuerdo contigo"**
"Če je steklenica označena kot strupena, se zagotovo ne bo
strinjala z vami"
Sin embargo, esta botella no estaba marcada como venenosa
Vendar ta steklenica ni bila označena kot strupena
así que Alicia se aventuró a probar el contenido de la botella
zato si je Alice drznila okusiti vsebino steklenice
Encontró el líquido bastante de su agrado
Ugotovila je, da ji je tekočina povsem všeč
La bebida tenía una especie de sabor mezclado
pijača je imela nekakšen mešan okus
tarta de cerezas, natillas y piña
češnjeva torta, krema in ananas

Pavo asado, caramelo y tostadas con mantequilla caliente
pečen puran, karamela in toast z vročim maslom
Y pronto acabó la botella
in kmalu je pojedla steklenico
-¡Qué sensación tan curiosa! -exclamó Alicia-
»Kakšen nenavaden občutek!« je rekla Alice
"¡Me estoy pliegando como un telescopio!"
"Zložim se kot teleskop!"
¡Y se estaba pliegando como un telescopio!
In res se je zlagala kot teleskop!
Ahora solo medía diez pulgadas de alto
Zdaj je bila visoka le deset centimetrov
y su rostro se iluminó con sus pensamientos
in obraz se ji je razsvetlil ob mislih
Ahora ella tenía el tamaño adecuado para la pequeña puerta
Zdaj je bila prave velikosti za majhna vrata
Ahora podía entrar en ese hermoso jardín
Zdaj je lahko šla v ta čudovit vrt
Pronto dejó de hacerse más pequeña
kmalu se je prenehala zmanjševati
Decidió ir al jardín de inmediato
Odločila se je, da bo takoj šla na vrt
pero, ¡ay de la pobre Alicia!
ampak, žal za ubogo Alice!
Llegó a la puerta
Prišla je do vrat
Pero había olvidado la pequeña llave de oro
vendar je pozabila majhen zlati ključ
Volvió a la mesa en busca de la llave
Vrnila se je k mizi po ključ
**Pero se dio cuenta de que no podía llegar lo suficientemente
alto**
vendar je ugotovila, da ne more doseči dovolj visoko
Podía ver la llave claramente a través del cristal
Ključ je lahko jasno videla skozi steklo
Trató de trepar por las patas de la mesa
Poskušala se je povzpeti po nogah mize

Pero el cristal era demasiado resbaladizo
Toda steklo je bilo preveč spolzko
Con el tiempo se cansó de intentarlo
sčasoma se je utrudila od poskusov
Y la pobre niña se sentó y lloró
in uboga deklica se je usedla in jokala
Alicia se habló a sí misma con bastante brusquedad
Alice je precej ostro govorila sama s seboj
"¡Vamos, no sirve de nada llorar así!"
»Pridi, nima smisla tako jokati!«
"¡Te aconsejo que te detengas ahora mismo!"
"Svetujem vam, da se takoj ustavite!"
En general, se daba muy buenos consejos
Na splošno si je dala zelo dober nasvet
aunque muy rara vez seguía sus propios consejos
čeprav je zelo redko sledila lastnim nasvetom
Y a veces era demasiado dura consigo misma
in včasih je bila preveč stroga do sebe
**y sus palabras hicieron que se le llenaran los ojos de
lágrimas**
in njene besede so ji pripeljale solze v oči
Pronto sus ojos se posaron en una cajita de cristal
Kmalu je njen pogled padel na majhno stekleno škatlo
La cajita de cristal estaba debajo de la mesa
Steklena škatla je ležala pod mizo
En la caja de cristal había un pastel muy pequeño
V stekleni škatli je bila zelo majhna torta
En el pastel, algunas palabras estaban bellamente escritas
Na torti je bilo nekaj besed lepo napisanih
Las palabras habían sido marcadas con grosellas
besede so bile označene z ribezom
"CÓMEME"
»JEZ ME«
—Bueno, me comeré el pastel —dijo Alicia—
»No, pojedla bom torto,« je rekla Alice
"y si el pastel me hace crecer, puedo llegar a la llave"
"In če me torta poveča, lahko dosežem ključ"

"y si el pastel me hace más pequeño, puedo arrastrarme por debajo de la puerta"
"In če me torta zmanjša, se lahko priplazim pod vrata"
"así que de cualquier manera me meteré en el jardín"
"Torej bom v vsakem primeru prišel na vrt"
"¡Y no me importa cuál de los dos suceda!"
"In vseeno mi je, kaj se bo zgodilo!"
Se comió un pedacito del pastel
Pojedla je malo torte
Y se habló a sí misma con ansiedad:
in zaskrbljeno je govorila sama sebi:
—¿De qué manera? ¿Hacia dónde?
"V katero smer? V katero smer?"
Y se llevó la mano a la cabeza
in držala je roko na glavi
Quería sentir de qué manera estaba creciendo
želela je čutiti, v katero smer raste
Se sorprendió bastante al descubrir lo que había sucedido
Bila je precej presenečena, ko je ugotovila, kaj se je zgodilo
¡Había permanecido del mismo tamaño!
ostala je enake velikosti!
Así que esta vez redobló sus esfuerzos
zato je tokrat podvojila svoja prizadevanja
Y pronto terminó todo el pastel
in kmalu je dokončala celotno torto

El charco de lágrimas
Bazen solz

-¡Esto se está poniendo cada vez más interesante! -exclamó Alicia-

"To postaja vse bolj zanimivo!" je vzkliknila Alice

Se puede ver que estaba muy sorprendida

Vidite, da je bila zelo presenečena

"¡Me estoy abriendo como el telescopio más grande que jamás haya existido!"

"Odpiram se kot največji teleskop, kar jih je kdaj bilo!"

—¡Adiós, pies! ¡Oh, mis pobres piecitos!

»Zbogom, noge! Oh, moje uboge noge"

"Me pregunto quién se pondrá sus zapatos por ustedes ahora, queridos".

"Zanima me, kdo vam bo zdaj obul čevlje, dragi?"

—¿Y me pregunto quién se pondrá las medias?

"In zanima me, kdo ti bo oblekel nogavice?"

"Estaré demasiado lejos"

"Bil bom veliko predaleč"

"No podré preocuparme más por ti"

"Ne bom se več mogel ukvarjati s tabo"

Justo en ese momento su cabeza golpeó contra algo

Ravno v tem trenutku je z glavo udarila v nekaj

Había llegado al techo de la sala

Prišla je do strehe dvorane

De hecho, ahora medía más de dos metros de altura

pravzaprav je bila zdaj visoka več kot dva metra

Y al instante tomó la pequeña llave de oro

in takoj je vzela majhen zlati ključ

Y se apresuró a llegar a la puerta del jardín

in pohitela je k vrtnim vratom

¡Pobre Alicia! No había mucho que pudiera hacer

Uboga Alice! Ni mogla veliko storiti

Se acostó de lado

Ležala je na eni strani

Y miró al jardín con un ojo

in z enim očesom je pogledala skozi vrt

Pero salir adelante era más desesperado que nunca
toda priti skozi je bilo bolj brezupno kot kdaj koli prej
Se sentó y comenzó a llorar de nuevo
Sedla je in spet začela jokati
Siguió derramando galones de lágrimas
Še naprej je točila litre solz
Pronto había un gran estanque a su alrededor
kmalu je bil okoli nje velik bazen
Y el agua llegaba hasta la mitad del pasillo
in voda je segla do polovice hodnika
Al cabo de un rato, oyó un pequeño golpeteo de pies
Čez nekaj časa je zaslišala rahlo potepanje z nogami
Oyó los pasos que venían de lejos
slišala je noge, ki so prihajale od daleč
Y se secó los ojos apresuradamente para ver lo que venía
in na hitro si je obrisala oči, da bi videla, kaj prihaja
Era el Conejo Blanco que regresaba
Vračal se je Beli zajec
Iba espléndidamente vestido
Bil je čudovito oblečen
Tenía un par de guantes blancos en una mano
V eni roki je imel par belih rokavic
y tenía un gran abanico de plumas en la otra mano
v drugi roki pa je imel velik pernati ventilator
Llegó trotando a toda prisa
Prišel je v veliki naglici
y murmuró para sí: "¡Oh! ¡La duquesa, la duquesa!
in zamrmljal je sam sebi: »Oh! vojvodinja, vojvodinja!"
—¡Oh! ¡No será salvaje si la he hecho esperar!
»Oh! ali ne bo divja, če sem jo pustil čakati!"

Cuando el Conejo se acercó a ella, Alicia habló
Ko se ji je zajček približal, je Alice spregovorila
Pero ella hablaba en voz baja y tímida
vendar je govorila s tihim, plašnim glasom
"Señor, por favor, deje de hacer lo que está haciendo por un momento"
"Gospod, prosim, za trenutek prenehajte s tem, kar počnete"
El Conejo se sobresaltó violentamente
Zajec se je silovito prestrašil
Dejó caer los guantes blancos y el abanico de plumas
Spustil je bele rokavice in pernato pahljačo
Y se escabulló en la oscuridad lo más rápido que pudo
in odhitel je v temo, kolikor je hitro mogel
Alicia recogió el abanico de plumas y los guantes
Alice je pobrala pernati ventilator in rokavice
Y no paraba de abanicarse mientras seguía hablando
in še naprej se je navijala, medtem ko je govorila
"¡Querido, querido! ¡Qué extraño es todo hoy!"
»Dragi, dragi! Kako čudno je vse danes!"
"Ayer las cosas siguieron como siempre"
"Včeraj so se stvari nadaljevale kot običajno"
—¿Era yo el mismo cuando me levanté esta mañana?

"Sem bil enak, ko sem zjutraj vstal?"
"Pero si no soy el mismo, hay otra cuestión"
"Ampak, če nisem isti, obstaja še eno vprašanje"
"¿Quién demonios soy yo?"
"Kdo sem na svetu?"
"¡Ah, ese es el gran rompecabezas!"
"Ah, to je velika uganka!"
Al decir esto, se miró las manos
Ko je to rekla, je pogledala navzdol v svoje roke
Llevaba uno de los Conejos, gusanos blancos
nosila je eno od zajčjih majhnih belih rokavic
No se había dado cuenta de que se había puesto el guante mientras hablaba
ni opazila, da si je med pogovorom nadela rokavico
"¿Cómo pude haber hecho eso?", pensó
"Kako sem lahko to storila?" je pomislila
"Debo estar haciéndome pequeño otra vez"
"Spet moram postati majhen"
Se levantó y se acercó a la mesa para medir su altura
Vstala je in šla k mizi, da bi izmerila svojo višino
Descubrió que ahora medía aproximadamente medio metro de altura
ugotovila je, da je zdaj visoka približno pol metra
Y ella seguía encogiéndose rápidamente
in še vedno se je hitro krčila
Pronto descubrió cuál era la causa del encogimiento
Kmalu je ugotovila, kaj je vzrok krčenja
¡El abanico de plumas la estaba haciendo más pequeña de nuevo!
Oboževalec perja jo je spet zmanjšal!
Y dejó caer el abanico de plumas apresuradamente
In naglo je spustila pernato pahljačo
Dejó caer el abanico de plumas justo a tiempo para salvarse
Spustila je pernato ventilator ravno pravočasno, da se je rešila
Si se hubiera abanicado por más tiempo, se habría encogido por completo
če bi se še naprej napihovala, bi se popolnoma skrčila

-¡Ha sido una fuga por los pelos! -dijo Alicia-
»To je bil las pobeg!« je rekla Alice
Y se asustó mucho ante el cambio repentino
in bila je precej prestrašena zaradi nenadne spremembe
pero estaba muy contenta de encontrarse todavía en existencia
vendar je bila zelo vesela, da je še vedno obstajala
—¡Y ahora, al jardín!
»In zdaj na vrt!«
Y corrió a toda prisa hacia la puertecita
In z vso hitrostjo je tekla nazaj do majhnih vrat
Pero, ¡ay! La puertecita se cerró de nuevo
ampak, žal! majhna vrata so bila spet zaprta
Y la pequeña llave de oro volvía a estar sobre la mesa de cristal
in mali zlati ključ je spet ležal na stekleni mizi
"Las cosas están peor que nunca", pensó el pobre niño
»Stvari so slabše kot kdajkoli prej,« je pomislil ubogi otrok
"Nunca antes había sido tan pequeño como esto, ¡nunca!"
"Nikoli prej nisem bil tako majhen, nikoli!"
Al decir estas palabras, su pie resbaló
Ko je izgovorila te besede, ji je noga zdrsnila
¡Y en otro momento hubo un gran chapoteo!
in v drugem trenutku se je slišal velik pljusk!
Estaba sumergida en agua salada hasta la barbilla
Bila je do brade v slani vodi
Su primera idea fue que de alguna manera había caído al mar
Njena prva ideja je bila, da je nekako padla v morje
Sin embargo, pronto se dio cuenta de en qué estaba metida
Vendar je kmalu spoznala, v čem je
Estaba en un charco de lágrimas
Bila je v solzah
las lágrimas que había llorado cuando tenía dos metros de altura
solze, ki jih je jokala, ko je bila visoka dva metra

Justo en ese momento escuchó algo
Ravno takrat je nekaj zaslišala
Algo chapoteaba en la piscina
nekaj je pljuskalo v bazenu
El chapoteo venía de un poco más lejos
pljuskanje je prišlo od daleč stran
Y se acercó nadando para ver qué era el chapoteo
in priplavala je bližje, da bi videla, kaj je pljuskanje
Pronto vio que era solo un ratoncito
Kmalu je videla, da je to le majhna miška
El ratoncito también se había metido en el agua
Tudi miška je zdrsnila v vodo
Alicia pensó para sí misma sobre la situación
Alice je razmišljala o situaciji
—¿Serviría de algo hablar con este ratón?
"Ali bi bilo koristno, če bi se pogovarjali s to mišjo?"
"Aquí todo está tan al revés"
"Tukaj je vse na glavo"
"Creo que es muy probable que este ratón pueda hablar"
"Mislim, da zelo verjetno ta miška lahko govori"

"En cualquier caso, no hay nada de malo en intentarlo"
"V vsakem primeru ni nič slabega, če poskušamo"
Así que empezó a tratar de hablar con el ratón
Zato se je začela poskušati pogovarjati z miško
"Oh Ratón, ¿conoces la forma de salir de esta piscina?"
"Oh, miška, ali veš pot iz tega bazena?"
—¡Estoy muy cansado de nadar por aquí, oh ratón!
"Zelo sem utrujen od plavanja tukaj, o miš!"
El ratón la miró con curiosidad
Miška jo je precej radovedno pogledala
El ratón parecía guiñar un ojo con uno de sus ojitos
Zdelo se je, da je miška pomežikala z enim od svojih majhnih oči
Pero el ratoncito no dijo nada
toda mala miška ni rekla ničesar
"A lo mejor el ratón no entiende inglés", pensó Alicia
"Morda miška ne razume angleško," je pomislila Alice
"Me atrevo a decir que es un ratón francés"
"Upam si reči, da je to francoska miška"
"tal vez este ratón vino con Guillermo el Conquistador"
"morda je ta miška prišla z Viljemom Osvajalcem"
Así que empezó de nuevo, en francés
Tako je začela znova, v francoščini
"¿Dónde está mi gato?", preguntó en francés
"Kje je moja mačka?" je vprašala v francoščini
era la primera frase de su libro de clases de francés
to je bil prvi stavek v njenem učnem dnevniku francoščine
El Ratón dio un súbito salto fuera del agua
Miška je nenadoma skočila iz vode
y el ratón pareció temblar de miedo
in zdelo se je, da je miška drhtala od strahu
-¡Oh, le ruego que me perdone! -exclamó Alicia apresuradamente-
»Oh, oprostite!« je naglo vzkliknila Alice
Temía haber herido los sentimientos del pobre animal
bala se je, da je prizadela čustva uboge živali
"Olvidé que no te gustaban los gatos"

"Povsem sem pozabil, da ne maraš mačk"
—¡No me gustan los gatos! —exclamó el ratón con voz estridente y apasionada—
»Ne maram mačk!« je vzkliknila Miška z prodornim, strastnim glasom
—¿Te gustaría tener gatos, si fueras yo?
"Bi si želel mačke, če bi bil na mojem mestu?"
Alicia consoló al ratón en un tono tranquilizador
Alice je tolažila miško s pomirjujočim tonom
"Bueno, tal vez a mí tampoco me gustarían los gatos si fuera tú"
"No, morda tudi jaz ne bi maral mačk, če bi bil na tvojem mestu"
"Por favor, no te enfades por la mención de los gatos"
"Prosim, ne bodite jezni zaradi omembe mačk"
"Y, sin embargo, desearía poder mostrarte a nuestra gata Dinah"
"In vendar si želim, da bi ti lahko pokazal našo mačko Dinah"
"Si la conocieras, creo que te encapricharías de los gatos"
"Če bi jo spoznali, mislim, da bi vam bile všeč mačke"
"Si tan solo pudieras verla"
"Ko bi jo le lahko videli"
"Es una cosa tan querida y tranquila"
"Ona je tako draga, tiha stvar"
El ratón temblaba por todas partes
Miška se je tresla po vsem telesu
Alicia estaba segura de que el ratón debía de estar realmente ofendido
Alice je bila prepričana, da mora biti miška res užaljena
"No hablaremos más de ella, si prefieres no hacerlo"
"Ne bova več govorila o njej, če raje ne"
-¡Nosotros, en efecto! -exclamó el Ratón-
»Mi, res!« je vzkliknila Miška
El ratón temblaba hasta la punta de la cola
Miška se je tresla do konca repa
—¡Como si fuera a hablar de un tema así!
"Kot da bi govoril o takšni temi!"

"Nuestra familia siempre odió a los gatos"
"Naša družina je vedno sovražila mačke"
"Gatos; ¡Cosas desagradables, bajas, vulgares!"
"Mačke; grde, nizke, vulgarne stvari!"
"¡No dejes que vuelva a escuchar el nombre!"
"Ne dovolite, da slišim več imena!"
-¡No volveré a hablar de los gatos! -dijo Alicia-
»Mačk res ne bom več omenjala!« je rekla Alice
Tenía mucha prisa por cambiar de tema
zelo se ji mudi, da bi spremenila temo
"¿Eres tú... ¿Te gustan los perros?
"Ali si ... Ali imate radi pse?«
"Hay un perrito tan simpático cerca de nuestra casa"
"V bližini naše hiše je tako lep mali pes,"
—¡Me gustaría enseñarte el perrito!
"Rad bi vam pokazal malega psa!"
"Este perrito mata a todas las ratas y...
"Ta mali pes ubije vse podgane in ...
-¡Oh, querida! -exclamó Alicia en tono triste-
»Oh, dragi!« je vzkliknila Alice žalostno
"¡Me temo que te he ofendido de nuevo!"
"Bojim se, da sem te spet užalil!"
El ratón se alejaba nadando de ella tan rápido como podía
Miška je plavala stran od nje tako hitro, kot je bilo mogoče
y el ratón hizo un gran alboroto en la piscina
in miška je v bazenu naredila precej razburjenja
Así que llamó suavemente al ratón
Zato je tiho klicala za miško
"¡Mi querido ratón, por favor vuelve!"
"Moja draga miška, prosim, vrni se!"
"Y no hablaremos de gatos"
"In ne bomo govorili o mačkah"
"Y tampoco tenemos que hablar de perros"
"In tudi nam ni treba govoriti o psih"
Cuando el ratón escuchó esto, se dio la vuelta
Ko je miška to slišala, se je obrnila
Y el ratoncito nadó lentamente de regreso a ella

in mala miška je počasi priplavala nazaj k njej
La cara del ratón estaba bastante pálida
Mišin obraz je bil precej bled
Y el ratón habló, en voz baja y temblorosa
in miška je govorila s tihim, drhtečim glasom
"Vamos a la orilla"
"Pojdimo na obalo"
"y luego te contaré mi historia"
"In potem vam bom povedal svojo zgodovino"
"y entenderás por qué odio a los gatos y a los perros"
"in razumeli boste, zakaj sovražim mačke in pse"
Ya era hora de partir
Skrajni čas je bil za odhod
porque la piscina se estaba llenando bastante
ker je bazen postajal precej gneča
Otros pájaros y animales habían caído en el estanque
druge ptice in živali so padle v bazen
había un pato y un dodo
tam sta bila raca in Dodo
y había un pájaro lori y un aguilucho
in tam je bila ptica Lory in Eaglet
Y había varias otras criaturas de aspecto interesante
in bilo je še nekaj drugih zanimivih bitij
Alicia abrió el camino para salir de la piscina
Alice je vodila pot ven iz bazena
Y todo el grupo de animales nadó hasta la orilla
in celotna skupina živali je priplavala do obale

Una carrera de caucus y una larga cola
Tekma in dolg rep
De hecho, eran un grupo de animales de aspecto gracioso
Res so bili smešni kup živali
Y todos se reunieron a la orilla del agua
in vsi so se zbrali na bregu vode
Todos los pájaros tenían las plumas desaliñadas
vse ptice so imele raztrgano perje
y los animales peludos estaban empapados
in kosmate živali so bile namočene skozi
y todos estaban empapados, molestos e incómodos
in vsi so kapljali mokri, razdraženi in neprijetni

Había una pregunta que había que responder primero
Najprej je bilo treba odgovoriti na eno vprašanje
¿Cuál es la mejor manera de que todos se sequen?
Kakšen je najboljši način, da se vsi posušijo?
Tuvieron una consulta sobre este asunto
O tej zadevi so se posvetovali
Pronto todos se sintieron en términos familiares
kmalu so bili vsi v znanih odnosih

Era como si los conociera de toda la vida
Bilo je, kot da jih je poznala vse življenje
El ratón parecía ser una persona de cierta autoridad
Zdelo se je, da je miška oseba z neko avtoriteto
"¡Siéntense todos y escúchenme!
»Sedite vsi in me poslušajte!
"¡Pronto los volveré a secar!"
"Kmalu vas bom spet posušil!"
Se sentaron todos a la vez, en un gran círculo
Vsi so se usedli naenkrat, v velik obroč
y el ratoncito se sentó en el medio
in mala miška je sedela na sredini
—¡Ejem! —dijo el ratón con aire importante—
»Ahem!« je rekla miška s pomembnim videzom
"¿Están todos listos?"
"Ste vsi pripravljeni?"
"Esto es lo más seco que conozco"
"To je najbolj suha stvar, ki jo poznam"
—¡Silencio por todas partes, por favor!
"Tišina povsod, če prosim!"
"Guillermo el Conquistador fue favorecido por el Papa"
"Viljem Osvajalec je bil naklonjen papežu"
"pero pronto fue sometido por los ingleses"
"vendar so se mu kmalu podredili Angleži"
"Últimamente querían líderes"
"V zadnjem času so želeli voditelje"
"Y se habían acostumbrado al poder y a la conquista"
"in navajeni so bili na moč in osvajanje"
"Edwin y Morcar, los condes de Mercia y Northumbria"
"Edwin in Morcar, grofa Mercia in Northumbria"
—¡Uf! —exclamó el pájaro lori con un escalofrío—
»Uh!« je rekla ptica lori in drhtala
"e incluso Stigand, el patriota arzobispo de Canterbury"
"in celo Stigand, domoljubni nadškof Canterburyja"
"A él también le pareció aconsejable"
"Zdelo se mu je tudi priporočljivo"
-¿Qué le pareció aconsejable? -dijo el pato-

"Kaj se mu je zdelo pripcročljivo?" je vprašala raca
—Le pareció aconsejable —replicó el ratón con cierto
enfado—
"Zdelo se mu je priporočljivo," je odgovorila miška precej
navzkrižno
Pero el pato no estaba satisfecho
Toda raca ni bila zadovoljna
"Por supuesto, ya sabes lo que significa"
"Seveda, veste, kaj pomeni 'to'"
—Sé lo que es cuando encuentro una cosa —dijo el pato—
»Vem, kaj je to, ko nekaj najdem,« je rekel raca
"Generalmente es una rana o un gusano"
"Na splošno je žaba ali črv"
"La pregunta es, ¿qué encontró el arzobispo?"
"Vprašanje je, kaj je našel nadškof?"
El ratón no se dio cuenta de esta pregunta
Miška tega vprašanja ni opazila
**En cambio, el ratón continuó apresuradamente con el
discurso**
Namesto tega je miška naglo nadaljevala z govorom
"le pareció aconsejable ir con Edgar Atheling"
"Zdelo se mu je priporočljivo, da gre z Edgarjem Athelingom"
"para encontrarme con Guillermo y ofrecerle la corona"
"da se srečam z Williamom in mu ponudim krono"
el ratón continuó, volviéndose hacia Alicia mientras hablaba
miška je nadaljevala in se obrnila k Alici, ko je govorila
—¿Cómo te va ahora, querida?
"Kako ti gre zdaj, draga moja?"
—Tan mojado como siempre —dijo Alicia en tono
melancólico—
»Mokra kot vedno,« je rekla Alice z melanholičnim tonom
"Esta historia no parece que me seque en absoluto"
"Zdi se, da me ta zgodba sploh ne posuši"
—En ese caso —dijo solemnemente el dodo, poniéndose en
pie—
»V tem primeru,« je slovesno rekel dodo in vstal
"Voto que se levante la sesión"

"Glasujem, da se seja preloži"
"y propongo la adopción inmediata de remedios más enérgicos"
"in predlagam takojšnje sprejetje bolj energičnih zdravil"
—¡Di palabras de verdad! —dijo el aguilucho—
"Govorite prave besede!" je rekel orel
"No conozco el significado de la mitad de esas palabras largas"
"Ne vem, kaj pomeni polovica teh dolgih besed"
—¡Y, lo que es más, tampoco creo que tú lo sepas!
"In še več, ne verjamem, da tudi vi veste!"
—Lo que iba a decir —dijo el dodo en tono ofendido—
"Kaj sem hotel reči," je rekel dodo z užaljenim tonom
"Lo mejor para deshacernos sería una contienda electoral"
"Najboljša stvar, ki bi nas posušila, bi bila tekma na kongresu"
—¿Qué es una contienda electoral? —preguntó Alicia
»Kaj je tekmovanje v klubu?« je vprašala Alice

—Bueno —dijo el dodo—, la mejor manera de explicarlo es hacerlo.

"No," je rekel dodo, "najboljši način, da to pojasnite, je, da to storite."

"Primero el dodo trazó un hipódromo"

"Najprej je dodo označil dirkališče"

"La pista estaba en una especie de círculo"

"Skladba je bila v nekakšnem krogu"

"Y luego todo el grupo se colocó a lo largo del recorrido"

"In potem je bila vsa zabava postavljena vzdolž proge"

No hubo "¡Uno, dos, tres y fuera!"

Ni bilo "Ena, dva, tri in stran!"

pero empezaron a correr cuando quisieron

Toda začeli so teči, ko so želeli

Y también terminaban cuando querían

in tudi končali, ko so želeli

Así que no era fácil saber cuándo había terminado la carrera

Zato ni bilo lahko vedeti, kdaj je dirka končana

Después de media hora más o menos de correr, todos estaban bastante secos

po približno pol ure teka so bili vsi precej suhi

el dodo gritó de repente: "¡La carrera ha terminado!"

dodo je nenadoma zaklical: "Dirka je končana!"

Y todos se agolparon alrededor del dodo

In vsi so se nabrali okoli doda

Todos los animales jadeaban y resoplaban

Vse živali so dihale in napihovale

y todos querían saber: "¿Pero quién ha ganado?"

in vsi so želeli vedeti: »Toda kdo je zmagal?«

El dodo no pudo responder de inmediato a esta pregunta

Na to vprašanje dodo ni mogel takoj odgovoriti

Primero tuvo que pensar mucho

Najprej je moral veliko premisliti

Después de pensarlo mucho, el Dodo finalmente habló

Po dolgem razmišljanju je dodo končno spregovoril

"Todos han ganado y todos deben tener premios"

"Vsi so zmagali in vsi morajo imeti nagrade"

"¿Pero quién va a dar los premios?", preguntó un coro de voces
»Toda kdo naj podeli nagrade?« je vprašal zbor glasov
—Bueno, ella, por supuesto —dijo el dodo—
»No, seveda,« je rekel dodo
y el dodo señaló con un dedo a Alicia
in dodo je z enim prstom pokazal na Alice
y todo el grupo de animales se agolpó a su alrededor
in vsa skupina živali se je nabrala okoli nje
gritaron, de manera confusa: "¡Premios! ¡Premios!"
zmedeno so vzkliknili: »Nagrade! Nagrade!"
Alicia no tenía ni idea de qué hacer
Alice ni imela pojma, kaj storiti
Desesperada, se metió la mano en el bolsillo
V obupu je dala roko v žep
Y sacó una caja de dulces
in izvlekla je škatlo sladkarij
Por suerte, el agua salada no había entrado en la caja
Na srečo slana voda ni prišla v škatlo
Y repartió los dulces como premios
in sladkarije je razdelila naokoli kot nagrade
Había exactamente una pieza para todos
Za vsakogar je bil natanko en kos
Lo siguiente que tenían que hacer era comer los dulces
Naslednja stvar, ki so jo morali storiti, je bila pojesti sladkarije
Esto causó algo de ruido y confusión
To je povzročilo nekaj hrupa in zmede
Los grandes pájaros se quejaban de que no podían saborear sus dulces
Velike ptice so se pritoževale, da ne morejo okusiti svojih sladkarij
Los pequeños se ahogaron y hubo que darles palmaditas en la espalda
majhni so se zadušili in jih je bilo treba potrepljati po hrbtu
Sin embargo, al fin se acabó
Vendar je bilo končno konec
y se sentaron de nuevo en un anillo

in spet so se usedli v obroč
Y le rogaron al ratón que les dijera algo más
in prosili so miško, naj jim pove še kaj več
—Prometiste contarme tu historia, ¿sabes? —dijo Alicia—
"Obljubila si, da mi boš povedala svojo zgodovino, veš," je rekla Alice
E hizo otro pequeño comentario sobre los gatos en un susurro
In šepetala je še eno majhno pripombo o mačkah
No quería volver a ofender al ratón
Ni želela spet užaliti miške
el ratoncito se volvió hacia Alicia y suspiró
miška se je obrnila k Alice in vzdihnila
—¡La mía es una larga y triste historia!
"Moja zgodba je dolga in žalostna!"
—Es una cola larga, sin duda —dijo Alicia—
»To je dolg rep, zagotovo,« je rekla Alice
Y miró con asombro la cola del ratón
in z začudenjem je pogledala navzdol na mišji rep
—¿Pero por qué le llamas cola triste?
"Ampak zakaj temu praviš žalosten rep?"
Y ella seguía desconcertada al respecto mientras el ratón hablaba
In še naprej je zmedala o tem, medtem ko je miška govorila
de modo que su idea del cuento era más o menos así
tako da je bila njena predstava o zgodbi nekako takšna

"Fury said to
a mouse, That
he met in the
house, 'Let
us both go
to law: *I*
will prosecute
you.—
Come, I'll
take no denial:
We must have
the trial;
For really
this morning
I've
nothing
to do.'
Said the
mouse to
the cur,
'Such a
trial, dear
sir, With
no jury
or judge,
would
be wasting
our
breath.'
'I'll be
judge,
I'll be
jury,'
said
cunning
old
Fury;
'I'll
try
the
whole
cause,
and
condemn
you to
death.'"

Furia le dijo a un ratón: "Que se encontró en la casa"
Bes je rekel miški, da se je srečal v hiši."
Vayamos los dos a la ley: yo te procesaré
Naj se oba obrnemo na sodišče: preganjal vas bom
Vamos, no aceptaré ninguna negación: debemos tener el juicio
Pridite, ne bom zanikal: moramo imeti sojenje
Porque realmente esta mañana no tengo nada que hacer
Kajti danes zjutraj nimam ničesar storiti
Dijo el ratón al cur;

Rekla je miška prekletstvu;
Un juicio así, querido señor, sin jurado ni juez, sería una pérdida de aliento
Takšno sojenje, dragi gospod, brez porote ali sodnika bi nam zapravljalo dih
—Seré juez, seré jurado —dijo el astuto viejo Fury—
»Jaz bom sodnik, bil bom porota,« je rekel prebrisani stari Fury
Juzgaré toda la causa y te condenaré a muerte
Poskusil bom celoten primer in vas obsodil na smrt
el ratón le habló severamente a Alicia
miška je resno spregovorila z Alice
"¡No estás prestando atención!"
"Ne posvečate pozornosti!"
—¿En qué estás pensando?
"O čem razmišljaš?"
—Le ruego que me perdone —dijo Alicia muy humildemente—
»Oprostite,« je zelo ponižno rekla Alice
— ¿Habías llegado a la quinta curva, creo?
"Mislim, da ste prišli do petega ovinka?"
"¡Me insultas diciendo tales tonterías!"
"Žališ me s takšnimi neumnostmi!"
Y el ratón se levantó y se alejó
in miška je vstala in odšla
Alicia llamó al ratoncito
Alice je klicala za miško
"¡Por favor, regresa y termina tu historia!"
"Prosim, vrnite se in dokončajte svojo zgodbo!"
Y todos los demás se unieron a coro
In vsi ostali so se pridružili v zboru
"¡Sí, por favor, termine su historia!"
"Da, prosim, dokončajte svojo zgodbo!"
Pero el ratón se limitó a negar con la cabeza con impaciencia
Toda miška je samo nestrpno zmajala z glavo
Y el ratoncito caminó un poco más rápido
in mala miška je hodila malo hitreje

—¡Ojalá tuviera aquí a Dinah, nuestra gata! —dijo Alicia—

"Želim si, da bi imela tukaj Dinah, našo mačko!" je rekla Alice

Esto causó una notable sensación entre el grupo

To je povzročilo izjemen občutek med stranko

Algunos de los pájaros se apresuraron a huir de inmediato

Nekatere ptice so takoj odhitele

y un canario gritó con voz temblorosa a sus hijos;

in kanarček je drhtečim glasom zaklical k svojim otrokom;

—¡Váyanse, queridos míos!

»Pojdite stran, dragi moji!«

"¡Ya es hora de que estén todos en la cama!"

"Skrajni čas je, da ste vsi v postelji!"

Con varias excusas se fueron todos

z različnimi izgovori so vsi odšli

y Alicia no tardó en quedarse sola

in Alice je kmalu ostala sama

—¡Ojalá no hubiera mencionado a Dinah!

"Želim si, da ne bi omenil Dinah!"

"Parece que a nadie le gusta aquí abajo"

"Zdi se, da je tukaj spodaj nihče ne mara"

—¡Pero estoy seguro de que es la mejor gata del mundo!

"Ampak prepričan sem, da je najboljša mačka na svetu!"

La pobre Alicia se echó a llorar de nuevo

Uboga Alice je spet začela jokati

porque se sentía muy sola y desanimada

ker se je počutila zelo osamljeno in slabo

Al cabo de un rato, sin embargo, volvió a oír algo

Čez nekaj časa pa je spet nekaj zaslišala

un pequeño golpeteo de pasos a lo lejos

Malo korakov v daljavi

Y ella miró hacia arriba ansiosamente

in nestrpno je pogledala navzgor

El conejo manda al pequeño Sr. Bill
Zajec pošlje malega gospoda Billa

Era el conejo blanco, que volvía trotando lentamente
To je bil beli zajec, ki je počasi kasal nazaj
Miraba a su alrededor ansiosamente mientras se alejaba
Zaskrbljeno je gledal naokoli, ko je šel
Parecía como si hubiera perdido algo
Izgledal je, kot da je nekaj izgubil
Alicia le oyó murmurar para sí misma
Alice ga je slišala, kako mrmra sam sebi
—¡La duquesa! ¡La duquesa! ¡Oh, mis queridas patas!
»Vojvodinja! Vojvodinja! Oh, moje drage tace!"
—¡Oh, mi pelo y mis bigotes!
"Oh, moje krzno in brki!"
"Ella hará que me ejecuten, estoy seguro de eso"
"Usmrtila me bo, v to sem prepričana"
—¡Tan cierto como que los hurones son hurones!
»Tako kot so beli dihurji!«
"¿Dónde puedo haber dejado mis cosas, me pregunto?"
"Kje sem lahko spustil svoje stvari, se sprašujem?"

Alicia adivinó en un momento lo que estaba buscando
Alice je v trenutku uganila, kaj išče
Buscaba el abanico de plumas
Iskal je oboževalca perja
Y buscaba el par de guantes blancos
in iskal je par belih rokavic
Así que ella, muy bondadosamente, comenzó a buscar los guantes
zato je zelo dobronamerno začela iskati rokavice
Y también buscó el abanico de plumas
Iskala je tudi pernato oboževalko
Pero los guantes y el abanico de plumas no se veían por ninguna parte
Toda rokavice in pernate ventilatorje ni bilo nikjer videti
Todo parecía haber cambiado desde que se bañó en la piscina
Zdelo se je, da se je vse spremenilo, odkar je plavala v bazenu
Nada era igual desde que estaba en el Gran Salón
Nič ni bilo enako, odkar je bila v veliki dvorani
y la mesa de cristal había desaparecido
in steklena miza je izginila
Y la puertecita tampoco estaba allí
in tudi majhnih vrat ni bilo tam
Muy pronto el conejo se fijó en Alicia
Zelo kmalu je zajec opazil Alice
—la llamó en tono airado
Jezno jo je poklical
—Mary Ann, ¿qué haces aquí?
"Mary Ann, kaj počneš tukaj?"
"Corre a casa en este momento"
"Teči domov ta trenutek"
—¡Y tráeme un par de guantes y un abanico de plumas!
"In prinesi mi par rokavic in pernato pahljačo!"
—¡Y date prisa!
"In bodi hiter pri tem!"
Alicia se habló a sí misma mientras salía corriendo
Alice je govorila sama s seboj, ko je pobegnila

—¡Debe de haberme confundido con su criada!

"Verjetno me je zamenjal za svojo gospodinjo!"

"¡Qué sorpresa se quedará cuando se entere de quién soy!"

"Kako presenečen bo, ko bo izvedel, kdo sem!"

Al decir esto, se encontró con una casita pulcra

Ko je to rekla, je naletela na lepo hišico

En la puerta de la casa había una placa de bronce brillante

Na vratih hiše je bila svetla medeninasta plošča

"W. CONEJO"

"W. ZAJEC"

Entró sin llamar a la puerta

Vstopila je, ne da bi potrkala na vrata

Y se apresuró a subir las escaleras

in pohitela je naravnost gor

le preocupaba conocer a la verdadera Mary Ann

skrbelo jo je, da bi lahko spoznala pravo Mary Ann

porque entonces la echarían de la casa

ker bi jo potem izgnali iz hiše

Y no sería capaz de encontrar el abanico de plumas y los guantes

in ne bi mogla najti peresnega ventilatorja in rokavic

Alicia había encontrado el camino hacia una pequeña habitación ordenada

Alice je našla pot v urejeno majhno sobo

En la habitación había una mesa junto a la ventana

V sobi je bila miza ob oknu

y sobre la mesa había un abanico de plumas

na mizi pa je bil pernati ventilator

Y había dos o tres pares de diminutos guantes blancos

in tam sta bila dva ali trije pari drobnih belih rokavic

Cogió el abanico de plumas y un par de guantes

Vzela je pernato oboževalko in par rokavic

Y estaba a punto de salir de la habitación

in ravno je nameravala zapustiti sobo

Pero entonces sus ojos se posaron en una botellita

potem pa so njene oči padle na steklenico

Descorchó la botella y se la llevó a los labios

Odmašila je steklenico in jo položila na ustnice
"Espero que me haga crecer de nuevo"
"Upam, da bom spet zrasla"
"¡Estoy cansada de ser una cosita tan pequeña!"
"Naveličan sem biti tako majhen majhen!"
Alicia apenas se había bebido la mitad de la botella
Alice je komaj popila polovico steklenice
Su cabeza ya estaba presionada contra el techo
njena glava je že pritiskala na strop
Y tuvo que agacharse
in morala se je skloniti
para salvar su cuello de ser roto
da bi rešila vrat pred zlomom
Dejó apresuradamente la botella
Naglo je odložila steklenico
"Con eso basta"
"To je povsem dovolj"
"Espero no crecer más"
"Upam, da ne bom več rasla"
¡Ay! ¡Era demasiado tarde para desearlo!
Žal! Bilo je prepozno, da bi si to želeli!
Ella siguió creciendo y creciendo
Še naprej je rasla in rasla
y muy pronto tuvo que arrodillarse en el suelo
in zelo kmalu je morala poklekniti na tla
Y aun así siguió creciendo
In tudi takrat je še naprej rasla
Como último recurso, sacó un brazo por la ventana
Kot zadnji vir je eno roko potisnila skozi okno
Y metió un pie por la chimenea
in z eno nogo se je povzpela v dimnik
"Ahora no puedo hacer más, pase lo que pase"
"Zdaj ne morem storiti več, karkoli se bo zgodilo"
—¿Qué será de mí?
"Kaj se bo zgodilo z mano?"

Alicia tuvo un poco de suerte
Alice je imela srečo
La pequeña botella mágica había tenido todo su efecto
Čarobna steklenička je imela poln učinek
y Alicia no creció más de lo que era
in Alice ni zrasla večja, kot je bila
Al cabo de unos minutos oyó una voz en el exterior
Po nekaj minutah je zaslišala glas zunaj
Y se detuvo a escuchar la voz
in ustavila se, da bi poslušala glas
—¡María Ana! ¡Mary Ann! -dijo la voz-
»Mary Ann! Mary Ann!« je rekel glas
"¡Tráeme mis guantes en este momento!"
"Ta trenutek mi prinesi rokavice!"
Luego se oyó un pequeño golpeteo de pies en la escalera
Nato je prišlo do majhnega potapljanja nog po stopnicah
Alicia supo que era el conejo que venía a buscarla
Alice je vedela, da jo je zajec prišel iskat
Y tembló hasta hacer temblar la casa
in tresla se je, dokler ni pretresla hiše

Se olvidó por completo de sus proporciones
povsem je pozabila, kakšna so njena razmerja
Era mil veces más grande que el conejo
bila je tisočkrat večja od zajca
Y no tenía por qué temer a un conejo
in ni imela razloga, da bi se bala zajca
De pronto, el conejo se acercó a la puerta
Kmalu je zajček prišel do vrat
Y el conejito trató de abrir la puerta
in mali zajček je poskušal odpreti vrata
La puerta comenzó a abrirse hacia adentro
vrata so se začela odpirati navznoter
pero el codo de Alicia estaba apretado con fuerza contra la puerta
toda Alicin komolec je bil močno pritisnjen na vrata
Ese intento resultó un fracaso
Ta poskus se je izkazal za neuspešnega
Alicia oyó que el conejo se hablaba a sí mismo
Alice je slišala, kako se zajec pogovarja sam s seboj
"Entonces daré la vuelta y entraré por la ventana"
"Potem bom šel naokoli in vstopil skozi okno"
«¡Que no lo harás!», pensó Alicia
"Da ne boš!" je pomislila Alice
Y volvió a esperar un poco
In spet je malo počakala
Pronto oyó al conejo justo debajo de la ventana
Kmalu je zaslišala zajca tik pod oknom
De repente extendió la mano
Nenadoma je raztegnila roko
Y ella hizo un arrebato en el aire
in naredila je ugrabitev v zraku
No se apoderó de nada
Ničesar ni dobila
Pero oyó un pequeño alarido y una caída
vendar je zaslišala majhen krik in padec
Y oyó el estrépito de cristales rotos
in zaslišala je trk razbitega stekla

Tal vez el conejo se había caído
Morda je zajec padel
Tal vez estaba en un invernadero
Mogoče je bil v zelenjaku
Luego se oyó una voz airada; La voz del conejo
Nato je prišel jezen glas; Zajčev glas
"Pat, ¿dónde estás?"
"Pat, kje si?"
Y entonces llegó una voz que nunca antes había oído
In potem se je slišal glas, ki ga še nikoli ni slišala
"¡Su señoría, estoy aquí!"
"Vaša čast, tukaj sem!"
"Estoy cavando en busca de manzanas"
"Kopem jabolka"
"¡Aquí! ¡Ven y ayúdame a salir de esto!"
»Tukaj! Pridite in mi pomagajte iz tega!«
—Ahora dime, Pat, ¿qué es eso que hay en la ventana?
"Zdaj pa mi povejte, Pat, kaj je to v oknu?"
"Claro, su señoría, se lo diré"
"Seveda, vaša čast, povedal vam bom"
"¡Es un brazo que está en la ventana!"
"To je roka, ki je v oknu!"
"Bueno, un brazo no tiene nada que hacer allí"
"No, roka tam nima kaj dela"
"¡Ve y quítate el brazo!"
"Pojdi in odvzemi roko!"
Hubo un largo silencio después de esto
Po tem je bila dolga tišina
y Alicia sólo podía oír susurros de vez en cuando
in Alice je tu in tam slišala le šepetanje
Y, por fin, volvió a extender la mano
in končno je spet raztegnila roko
Y ella hizo otro arrebato en el aire
in naredila je še en ugrabitev v zraku
Esta vez hubo dos pequeños chillidos
Tokrat sta bila dva majhna krika
y se escucharon más sonidos de vidrios rotos

in bilo je še več zvokov razbitega stekla
«¡Me pregunto qué harán ahora!», pensó Alicia
»Zanima me, kaj bodo naredili naslednje!« je pomislila Alice
"Ojalá me sacaran por la ventana"
"Želim si, da bi me potegnili skozi okno"
Esperó un buen rato
Čakala je nekaj časa
Pero durante un rato no oyó nada más
Toda nekaj časa ni slišala ničesar več
Por fin se oyó el estruendo de unas ruedas
Končno se je zaslišalo ropotanje majhnih koles
Y se oyó el sonido de muchas voces
in zaslišalo se je veliko glasov
Todas las voces hablaban al unísono
Vsi glasovi so se pogovarjali skupaj
Pudo distinguir algunas de las palabras
Lahko je razbrala nekaj besed
—¿Dónde está la otra escalera?
"Kje je druga lestev?"
"Bill tiene la otra escalera"
"Bill ima drugo lestev"
"¡Bill, ven aquí!"
"Bill, pridi sem!"
—¿Soportará el techo la carga?
"Ali bo streha nosila breme?"
—¿Quién quiere bajar por la chimenea?
"Kdo hoče iti po dimniku?"
—¡No, no lo haré! ¡Tú lo haces!"
»Ne, ne bom! Naredite to!"
—¡Aquí, Bill!
"Tukaj, Bill!"
"¡El maestro dice que tienes que bajar por la chimenea!"
"Gospodar pravi, da moraš iti po dimniku!"
Alicia arrastró el pie por la chimenea todo lo que pudo
Alice je potegnila nogo tako daleč navzdol po dimniku,
kolikor je lahko.
Y luego esperó a ver lo que venía

In potem je čakala, da vidi, kaj se bo zgodilo
Escuchó a un animalito arañar y revolver
Slišala je majhno žival, ki se je praskala in pretresala
El animalito debe estar en la chimenea
mala žival mora biti v dimniku
Luego dio una fuerte patada
Nato je dala en oster brc
Y esperó a ver qué pasaría después
in čakala je, da vidi, kaj se bo zgodilo naprej
Oyó un coro general de voces
slišala je splošen zbor glasov
"¡Ahí va Bill!", dijeron todos
"Tam gre Bill!" so rekli vsi
Entonces oyó solo la voz del conejo
Potem je zaslišala zajčji glas
"¡Tú por el seto, atrápalo!"
"Ti ob živi meji, ujemi ga!"
Hubo otro momento de silencio
Sledil je še en trenutek tišine
Y entonces hubo otra confusión de voces
in potem je prišlo do še ene zmede glasov
"Levanta la cabeza, Brandy"
"Dvigni mu glavo, Brandy"
"Ten cuidado de no asfixiarlo"
"pazite, da ga ne zadušite"
—¿Qué te pasó?
"Kaj se je zgodilo s teboj?"
Por último, llegó una vocecita débil y chillona
Nazadnje se je slišal šibek, škripajoč glas
"Bueno, ya casi no sé"
"No, komaj vem več"
"Gracias a todos, ahora estoy mejor"
"Hvala vsem, zdaj sem boljši"
"Hay una cosa que puedo recordar"
"Spomnim se ene stvari"
"Algo viene hacia mí como un tren en un túnel"
"Nekaj me napade kot vlak v predoru"

"¡Y vuelo hacia arriba como un cohete!"
»in gor letim kot raketa!«
Hubo uno o dos minutos de silencio
Minuto ali dve je bila tišina
Y entonces empezaron a moverse de nuevo
In potem so se spet začeli premikati
y Alicia oyó hablar de nuevo al Conejo
in Alice je spet slišala Zajca govoriti
"Un túmulo servirá, para empezar"
"Za začetek bo zadostovala gomila"
«¿Un túmulo lleno de qué?», pensó Alicia
»Gomila česa?« je pomislila Alice
Pero no la mantuvieron en suspenso por mucho tiempo
Toda ni bila dolgo zadržana v napetosti
Una lluvia de guijarros entró por la ventana
skozi okno je prišel tuš majhnih kamenčkov
Y algunas de las piedrecitas le golpearon en la cara
in nekaj majhnih kamenčkov jo je zadelo v obraz
Alicia se sorprendió por los guijarros
Alice je bila presenečena nad majhnimi kamenčki
Todos los guijarros se estaban convirtiendo en pasteles
vsi majhni kamenčki so se spreminjali v torte
Y una idea brillante se le ocurrió
in v glavi ji je prišla svetla ideja
"Debería comerme uno de estos pasteles"
"Moral bi pojesti eno od teh peciv"
"El pastel seguramente hará algún cambio en mi tamaño"
"Torta bo zagotovo spremenila mojo velikost"
Así que se tragó uno de los pasteles
Zato je pogoltnila eno od tort
Y se alegró al descubrir que empezaba a encogerse
in bila je navdušena, ko je ugotovila, da se je začela krčiti
**Pronto fue lo suficientemente pequeña como para pasar por
la puerta**
kmalu je bila dovolj majhna, da je prišla skozi vrata
Salió corriendo de la casa
zbežala je iz hiše

Una multitud de animalitos y pájaros esperaban afuera
Zunaj je čakala množica majhnih živali in ptic
todos los pajaritos y animales se abalanzaron sobre Alicia
vse ptičke in živali so pohiteli na Alice
Pero ella huyó lo más rápido que pudo
vendar je pobegnila čim hitreje
Y pronto se encontró a salvo en un espeso bosque
in kmalu se je znašla na varnem v gostem gozdu
Alicia vagaba por el bosque
Alice se je sprehajala po gozdu
Y pensó para sí misma:
in pomislila je:
"Sé lo que tengo que hacer primero"
"Vem, kaj moram najprej storiti"
"Primero tengo que volver a crecer hasta el tamaño adecuado"
"Najprej moram spet zrasti do svoje prave velikosti"
"Y luego tengo que encontrar mi camino hacia ese hermoso jardín"
"In potem moram najti pot v ta čudovit vrt"
"Supongo que debería comer o beber una cosa u otra"
"Mislim, da bi moral pojesti ali popiti kaj drugega"
"Pero la pregunta es ¿qué debo comer o beber?"
"ampak vprašanje je, kaj naj jem ali pijem?"
Alicia miró a su alrededor las flores
Alice je pogledala okoli sebe na rože
Y miró a través de las briznas de hierba
in pogledala je skozi trave
pero no podía ver nada de comer ni de beber
vendar ni videla ničesar za jesti ali piti
Nada parecía ser lo adecuado para comer o beber
Nič ni izgledalo kot prava stvar za jesti ali piti
Había un gran hongo creciendo cerca de ella
V bližini je rasla velika goba
el hongo tenía aproximadamente la misma altura que Alicia
goba je bila približno enake višine kot Alice
Se estiró de puntillas

Raztegnila se je na prstih
Y se asomó por el borde del hongo
in pokukala je čez rob gobe
Sus ojos se encontraron inmediatamente con los ojos de una gran oruga azul
njene oči so se takoj srečale z očmi velike modre gosenice
La oruga estaba sentada en la parte superior del hongo
gosenica je sedela na vrhu gobe
y la oruga se había cruzado de brazos
in gosenica je prekrižala vse roke
Y estaba fumando tranquilamente una larga cachimba
in tiho je kadil dolgo nargilo
y no hizo la menor atención a nada
in ničesar ni niti najmanj opazil
y ciertamente no le prestó atención a Alicia
in zagotovo ni bil pozoren na Alice

Consejos de una oruga
Nasvet gosenice

Por fin, la oruga se quitó la pipa de la boca
Končno je gosenica vzela nargilo iz ust
y se dirigió a Alicia con voz lánguida y soñolienta
in nagovoril je Alice z mlačnim, zaspanim glasom
—¿Quién eres? —preguntó la oruga
»Kdo si?« je vprašala gosenica

Alicia respondió, con cierta timidez: "No lo sé, señor"
Alice je precej sramežljivo odgovorila: »Komaj vem, gospod«
"Justo en este momento está todo un poco..."
"Samo v tem trenutku je vse malo ..."
"Sé quién era cuando me levanté esta mañana"
"Vem, kdo sem bil, ko sem zjutraj vstal."
"pero creo que debo haber cambiado varias veces desde entonces"
"ampak mislim, da sem se od takrat morala večkrat spremeniti"
—¿Qué quieres decir con eso? —dijo la oruga—
"Kaj misliš s tem?" je vprašala gosenica

Con severidad, la oruga le pidió que se explicara
Gosenica jo je strogo prosila, naj se razloži
—Me temo que no puedo explicarme, señor —dijo Alicia—
"Bojim se, da se ne morem razložiti, gospod," je rekla Alice
"porque no soy yo mismo"
"ker nisem jaz"
"Verás, tener tantos tamaños diferentes en un día es muy confuso"
"Vidite, biti toliko različnih velikosti v enem dnevu je zelo zmedeno"
Se incorporó y dijo muy gravemente:
Dvignila se je in zelo resno rekla:
"Creo que primero deberías decirme quién eres"
"Mislim, da bi mi moral najprej povedati, kdo si."
"¿Por qué?", dijo la oruga
»Zakaj?« je vprašala gosenica
Alicia no se le ocurría ninguna buena razón
Alice se ni mogla spomniti nobenega pravega razloga
Y la oruga parecía estar en un estado de ánimo muy desagradable
in zdelo se je, da je gosenica v zelo neprijetnem duševnem stanju
Así que se dio la vuelta
zato se je obrnila stran
"¡Vuelve!", la oruga la llamó
»Vrni se!« je za njo klicala gosenica
"¡Tengo algo importante que decir!"
"Nekaj pomembnega moram povedati!"
Alicia se dio la vuelta y volvió otra vez
Alice se je obrnila in se spet vrnila
—Mantén la calma —dijo la oruga—
"Ohranite živce," je rekla gosenica
-¿Eso es todo? -preguntó Alicia
»Je to vse?« je vprašala Alice
Y se tragó su rabia lo mejor que pudo
in svojo jezo je pogoltnila, kolikor je lahko,
—No —dijo la oruga—

"Ne," je rekla gosenica
La oruga desplegó sus brazos
gosenica je raztegnila roke
Y volvió a sacarse la pipa de la boca
in spet je vzel nargilo iz ust
**y él dijo: "Así que Ud. piensa que Ud. ha cambiado,
¿verdad?"**
in rekel je: "Torej misliš, da si se spremenil, kajne?"
—Me temo, he cambiado, señor —dijo Alicia—
»Bojim se, da sem se spremenila, gospod,« je rekla Alice
"No puedo recordar las cosas como solía recordarlas"
"Ne morem se spomniti stvari, kot sem se jih spominjal"
**"¡Y no me quedo del mismo tamaño por más de diez
minutos!"**
"In ne ostanem enake velikosti več kot deset minut!"
"¿Qué tamaño quieres tener?", preguntó la oruga
"Kakšno velikost hočeš biti?" je vprašala gosenica
**—Oh, no me importa especialmente el tamaño que tenga —
respondió Alicia apresuradamente—**
»Oh, ne zanima me preveč, kakšna sem velikost,« je naglo
odgovorila Alice
**"Simplemente no me gusta cambiar de tamaño tan a
menudo, ya sabes"**
"Preprosto ne maram tako pogosto spreminjati velikosti,
veste"
"Me gustaría ser un poco más grande, señor"
"Rad bi bil malo večji, gospod"
—Si no te importa —añadió Alicia—
»Če ne bi imel nič proti,« je dodala Alice
"Diez centímetros es una altura tan miserable para ser"
"Deset centimetrov je tako bedna višina"
-¡Es una altura muy buena! -exclamó la oruga con rabia-
»Res je zelo dobra višina!« je jezno rekla gosenica
Y se irguió mientras hablaba
in med govorjenjem se je dvignil pokončno
Medía exactamente diez centímetros de alto
visok je bil natanko deset centimetrov

En uno o dos minutos, la oruga bajó del hongo
V minuti ali dveh se je gosenica spustila z gobe
Y se arrastró por la hierba
in odplazil se je v travo
Al alejarse, hizo algunas pequeñas observaciones
Ko je odhajal, je izrekel nekaj kratkih pripomb
"Un lado te hará crecer más alto"
"Ena stran vas bo povečala"
"Y el otro lado te hará acortar"
"in druga stran te bo skrajšala"
«¿Un lado de qué?», pensó Alicia para sí misma
»Ena stran česa?« je pomislila Alice
—¿El otro lado de qué?
"Druga stran česa?"
—El costado del hongo —dijo la oruga—
»stran gobe,« je rekla gosenica
Era como si hubiera hecho su pregunta en voz alta
Bilo je, kot da bi svoje vprašanje postavila na glas
Y en otro momento, se perdió de vista
in v drugem trenutku je bil izginil iz vidnega polja
Alicia se quedó mirando pensativa el hongo
Alice je ostala zamišljeno gledala gobo
Estaba tratando de distinguir cuáles eran los dos lados del hongo
Poskušala je razbrati, kateri sta dve strani gobe
Por fin, estiró los brazos alrededor de la seta
Končno je raztegnila roke okoli gobe
Y rompió un poco los bordes
in zlomila je nekaj robov
"Y ahora, ¿qué lado es cuál?", se dijo a sí misma
"In zdaj, katera stran je katera?" si je rekla
Y mordisqueó un poco de la parte de la mano derecha
in malo je grizla del desne roke
Al momento siguiente sintió un violento golpe debajo de la barbilla
Naslednji trenutek je začutila silovit udarec pod brado
¡Su barbilla había golpeado su pie!

brada jo je udarila v nogo!

Estaba bastante asustada por este cambio tan repentino

Bila je precej prestrašena zaradi te zelo nenadne spremembe

Se estaba encogiendo muy rápidamente

zelo hitro se je krčila

Así que rápidamente se comió un poco del otro trozo de champiñón

Zato je hitro pojedla nekaj drugega koščka gob

Su barbilla estaba muy presionada contra su pie

Brada ji je bila zelo tesno pritisnjena na nogo

Apenas había espacio para abrir la boca

komaj je bilo prostora, da bi odprla usta

Pero al fin logró abrir la boca

vendar ji je končno uspelo odpreti usta

Y tragó un bocado del pedazo de la mano izquierda

in pogoltnila je košček leve roke

-¡Por fin me han liberado la cabeza! -exclamó Alicia-

"Moja glava je končno osvobojena!" je rekla Alice

Se miró a sí misma

pogledala je navzdol nase

Pero todo lo que podía ver era una inmensa longitud de cuello

toda vse, kar je lahko videla, je bil ogromen vrat

Su cuello parecía elevarse como un tallo

Zdelo se je, da se ji je vrat dvignil kot pecelj

Y miró hacia abajo sobre un mar de hojas verdes

in pogledala je navzdol čez morje zelenih listov

—¿A dónde han llegado mis hombros?

"Kam so prišla moja ramena?"

"Y oh, mis pobres manos, ¿cómo es que no puedo verte?"

"In oh, moje uboge roke, kako to, da te ne vidim?"

Pero su cuello tenía un beneficio

Toda njen vrat je imel eno korist

Podía mover la cabeza en cualquier dirección

lahko je premaknila glavo v katerokoli smer

De hecho, era como una serpiente

pravzaprav je bila kot kača

Ella zigzagueó con gracia con la cabeza hacia abajo
elegantno je cik-cak glavo spustila navzdol
Y movió la cabeza entre los árboles
in premikala je glavo med drevesi
Pero entonces oyó un silbido agudo
potem pa je zaslišala ostro sikanje
Y rápidamente echó la cabeza hacia atrás
in hitro je potegnila glavo nazaj
Una gran paloma había volado hacia su cara
velik golob ji je priletel v obraz
y la paloma se agitó violentamente con sus alas
in golob je bil silovito s krili

-¡Serpiente! -exclamó la paloma-
»Kača!« je vzkliknil golob
-¡No soy una serpiente! -exclamó Alicia indignada-
»Jaz nisem kača!« je ogorčeno rekla Alice
"¡Déjame en paz!"
"Pusti me pri miru!"
"He probado las raíces de los árboles"
"Poskusil sem korenine dreves"
—Y he probado setos —prosiguió la paloma—
"In poskusil sem žive meje," je nadaljeval golob
—¡Pero esas serpientes! ¡No hay forma de complacerlos!"
»Ampak tiste kače! Nič jim ni mogoče ugajati!"
Alicia estaba cada vez más desconcertada
Alice je bila vse bolj zmedena
-Como si ya fuera bastante trabajo incubar los huevos -dijo
la paloma-
"Kot da ni bilo dovolj težav z izvalitvijo jajc," je rekel golob
—¡De noche y de día también tengo que estar atento a las
serpientes!
»Ponoči in podnevi moram paziti tudi na kače!«
"Acababa de encontrar el árbol más alto del bosque"
"Pravkar sem našel najvišje drevo v gozdu"
—¿Estaría libre de serpientes aquí?
"Zagotovo bi bil tukaj brez kač?"
"¡Y sale una serpiente del cielo!"
"In ven prihaja kača z neba!"
-¡Pero yo no soy una serpiente, te lo aseguro! -dijo Alicia-
»Ampak jaz nisem kača, povem ti!« je rekla Alice
"Soy un... Soy un... Soy una niña —añadió con cierta duda—
"Jaz sem ... Jaz sem ... Sem majhna deklica," je dodala precej
dvomljivo
Después de todo, había estado pasando por muchos cambios
navsezadnje je šla skozi veliko sprememb
—Estás buscando huevos —dijo la paloma—
"Iščeš jajca," je rekel golob
"Lo sé con certeza"
"To vem zagotovo"

—¿Y qué importa si eres una niña o una serpiente?
"In kaj je pomembno, če si majhna deklica ali kača?"
—A mí me importa mucho —dijo Alicia apresuradamente—
»To mi je zelo pomembno,« je naglo rekla Alice
"pero no estoy buscando huevos, como suele ser"
"ampak ne iščem jajc, kot se zgodi"
"Y de todos modos no querría tus huevos"
"In tako ali tako ne bi želel tvojih jajc"
"No me gustan los huevos crudos"
"Ne maram svojih jajc surovih"
-¡Pues váyase! -dijo la paloma en tono malhumorado-
»No, pojdi potem!« je rekel golob v mrzovoljnem tonu
Y la paloma se instaló de nuevo en su nido
in golob se je spet ustalil v svoje gnezdo
Alicia se agachó entre los árboles lo mejor que pudo
Alice se je skrčila med drevesi, kolikor je lahko.
Su cuello no dejaba de enredarse entre las ramas
vrat se ji je nenehno zapletal med veje
De vez en cuando tenía que detenerse y desenroscar el cuello
Vsake toliko časa se je morala ustaviti in odviti vrat
Al cabo de un rato se acordó de la seta
Čez nekaj časa se je spomnila gobe
Todavía sostenía los trozos de hongo en sus manos
še vedno je držala koščke gob v rokah
Y se puso a trabajar con mucho cuidado
in zelo previdno se je lotila dela
Primero mordisqueó una pieza
Najprej je grizla en kos
Y luego mordisqueó la otra pieza
nato pa je grizla drugi kos
A veces crecía
včasih je zrasla višja
y a veces se acortaba
in včasih je postajala nižja
pero finalmente alcanzó su altura habitual
Toda končno je dosegla svojo običajno višino
Hacía tiempo que no era de su estatura

že nekaj časa ni bila svoje višine
Así que todo se sintió extraño por un tiempo
Nekaj časa se je vse zdelo čudno
"Lo siguiente que hay que hacer es entrar en ese hermoso jardín"
"Naslednja stvar, ki jo morate storiti, je, da pridete v ta čudovit vrt"
—¿Cómo se va a hacer eso, me pregunto?
"Sprašujem se, kako naj se to naredi?"
Al decir esto, llegó a un lugar abierto
Ko je to rekla, je naletela na odprt prostor
Había una casita, un poco más de un metro de altura
Tam je bila majhna hiša, nekoliko višja od metra
"Me pregunto quién vive en esta casita"
"Sprašujem se, kdo živi v tej majhni hiši"
"Ciertamente no puedo entrar tan grande como soy"
"Vsekakor ne morem iti tako velik, kot sem"
—¡Los asustaría terriblemente!
"Strašno bi jih prestrašil!"
Así que volvió a mordisquear el pequeño champiñón
zato je spet grizla majhno gobo
Y pronto bajó treinta centímetros
in kmalu se je spustila za trideset centimetrov

Un cerdo y un poco de pimienta

Prašič in nekaj popra

Durante uno o dos minutos se quedó mirando la casa

Minuto ali dve je stala in gledala hišo

De repente, un lacayo salió corriendo del bosque

Nenadoma je iz gozda pritekel lokaj

Vestía un uniforme especial

Nosil je posebno uniformo

A juzgar solo por su rostro, ella lo habría llamado pez

Sodeč samo po njegovem obrazu, bi ga imenovala riba

Y golpeó fuertemente la puerta con los nudillos

in glasno je potrkal na vrata s členki

La puerta fue abierta por otro lacayo

vrata je odprl drug lokaj

Este lacayo también llevaba una librea especial

Tudi ta lokaj je nosil posebno barvo

Este lacayo tenía una cara redonda y ojos grandes como los de una rana

Ta lokaj je imel okrogel obraz in velike oči kot žaba

El lacayo, que parecía un pez, inició la ceremonia
Lokaj, ki je izgledal kot riba, je sprožil slovesnost
Sacó algo de debajo de su brazo
nekaj je izvlekel izpod roke
Y sacó de debajo del brazo un sobre
in izpod roke je izvlekel ovojnico
Y este sobre se lo entregó al otro lacayo
in to ovojnico je izročil drugemu lokaju
En tono ceremonioso le comunicó las órdenes
s slovesnim tonom mu je povedal ukaze
"Este mensaje es para la duquesa"
"To sporočilo je za vojvodinjo"
"Una invitación de la reina a jugar al croquet"
"Povabilo kraljice k igranju kroketa"
El lacayo, que parecía una rana, repitió la orden
Lokaj, ki je bil videti kot žaba, je ponovil ukaz
"De la Reina"
"Od kraljice"
"Una invitación"
»Povabilo«
"para la duquesa"
"za vojvodinjo"
"Jugar al croquet"
"Igranje kroketa"
Entonces ambos se inclinaron profundamente
Nato sta se oba nizko priklonila
y los rizos de sus pelucas se enredaron
in kodre v lasuljah so se zapletle skupaj
Pronto el lacayo que parecía un pez se había ido
Kmalu je lokaj, ki je izgledal kot riba, izginil
Pero el lacayo que parecía una rana todavía estaba allí
toda lokaj, ki je izgledal kot žaba, je bil še vedno tam
Estaba sentado en el suelo, cerca de la puerta
sedel je na tleh blizu vrat
Estaba mirando estúpidamente al cielo
Neumno je strmel v nebo
Alicia se acercó tímidamente a la puerta y llamó

Alice je sramežljivo šla do vrat in potrkala
—Es inútil llamar a la puerta —dijo el lacayo—
"Nima smisla trkati," je rekel lokaj
"Y eso es por dos razones"
"In to iz dveh razlogov"
"Primero, porque estoy del mismo lado de la puerta que tú"
"Prvič, ker sem na isti strani vrat kot ti"
"En segundo lugar, porque están haciendo mucho ruido dentro"
"Drugič, ker v notranjosti delajo toliko hrupa"
"Nadie podría escucharte"
"Nihče te ni mogel slišati"
Y, ciertamente, había un ruido extraordinario en su interior
In zagotovo se je v notranjosti dogajal najbolj nenavaden hrup
un aullido y estornudos constantes
nenehno zavijanje in kihanje
y de vez en cuando se oye un gran estruendo
in vsake toliko časa zvok velikega trčenja
como si un plato o una tetera se hubieran roto en pedazos
kot da bi bila posoda ali kotliček razbita na koščke
-¿Cómo voy a entrar? -preguntó Alicia
»Kako naj vstopim?« je vprašala Alice
—¿Deberías entrar? —dijo el lacayo—
»Ali bi sploh morali vstopiti?« je rekel lokaj
"Esa es la primera pregunta, ya sabes"
"To je prvo vprašanje, veste"
Alicia abrió la puerta y entró
Alice je odprla vrata in vstopila
La puerta conducía directamente a una gran cocina
Vrata so vodila naravnost v veliko kuhinjo
La cocina estaba llena de humo de un extremo a otro
kuhinja je bila polna dima od enega konca do drugega
en medio de la cocina estaba la duquesa
sredi kuhinje je bila vojvodinja
Estaba sentada en un taburete de tres patas
Sedela je na stolu s tremi nogami
Y ella estaba amamantando a un bebé

in dojila je otroka
El cocinero estaba inclinado sobre el fuego
kuhar se je nagnil nad ogenj
Estaba removiendo un gran caldero
Mešal je velik kotel
y el caldero parecía estar lleno de sopa
in zdelo se je, da je kotel poln juhe
**"¡Ciertamente hay demasiada pimienta en esa sopa!" —se
dijo Alicia**
"V tej juhi je zagotovo preveč popra!" Rekla je Alice sama sebi
Lo dijo lo mejor que pudo, sin estornudar
To je povedala po svojih najboljših močeh, ne da bi kihala
Incluso la duquesa estornudaba de vez en cuando
Celo vojvodinja je občasno kihala
Pero las acciones del bebé fueron las más notables
Toda otrokova dejanja so bila najbolj omembe vredna
El bebé estornudaba y aullaba alternativamente
otrok je izmenično kihal in zavijal
No hubo un momento de pausa entre aullidos y estornudos
Med zavijanjem in kihanjem ni bilo niti trenutka premora
Había dos criaturas en la cocina que no estornudaban
V kuhinji sta bili dve bitji, ki nista kihali
El cocinero estaba demasiado ocupado para estornudar
kuhar je bil preveč zaposlen, da bi kihal
Y al gran gato no pareció importarle el pimiento
in velika mačka ni motila popra
En cambio, el gran gato sonreía de oreja a oreja
namesto tega se je velika mačka smehljala od ušesa do ušesa
**-Por favor, ¿podría decírmelo -dijo Alicia, un poco
tímidamente-**
»Prosim, ali mi lahko poveste,« je rekla Alice nekoliko
sramežljivo
"¿Por qué tu gato sonríe así?"
"Zakaj se tvoja mačka tako nasmehne?"
-Es un gato de Cheshire -dijo la duquesa-
"To je Cheshire-mačka," je rekla vojvodinja
"Y por eso está sonriendo de oreja a oreja"

"In zato se smehlja od ušesa do ušesa"
"No sabía que un gato de Cheshire siempre sonreía"
"Nisem vedel, da se Cheshire-Cat vedno nasmehne"
—De hecho, no sabía que los gatos podían sonreír —dijo Alicia—
"pravzaprav nisem vedela, da se mačke lahko nasmehnejo," je dejala Alice
-Hay muchas cosas que no sabes -dijo la duquesa-
»veliko je tega, česar ne veš,« je rekla vojvodinja
"Hay muchas cosas que no sabes y eso es un hecho"
"Veliko je tega, česar ne veste, in to je dejstvo"
En ese momento, el cocinero retiró el caldero de sopa del fuego
Ravno takrat je kuhar vzel kotel juhe z ognja
Y en seguida se puso a tirar todo lo que estaba a su alcance
in takoj je začela metati vse, kar ji je bilo na dosegu roke
arrojó todo lo que pudo a la duquesa y al bebé
vrgla je vse, kar je lahko, na vojvodinjo in dojenčka
Primero arrojó los hierros de fuego
Najprej je vrgla železa
Luego tiró un puñado de cacerolas
nato je vrgla peščico ponv
y finalmente tiró los platos y las fuentes
in končno je vrgla krožnike in posodo
La duquesa no le hizo caso
Vojvodinja je ni opazila
Incluso cuando fue golpeada por un plato, no se preocupó
Tudi ko jo je zadel krožnik, ni skrbelo
El bebé ya estaba aullando tanto
otrok je že toliko zavijal
Así que era imposible decir si los golpes lastimaban al bebé o no
Zato je bilo nemogoče reči, ali so udarci prizadeli otroka ali ne
—¡Oh, por favor, ten cuidado con lo que estás haciendo! —exclamó Alicia—
»Oh, prosim, pazi, kaj počneš!« je vzkliknila Alice
Y saltaba de un lado a otro en una agonía de terror

in skakala je gor in dol v agoniji groze
la duquesa le ofreció a Alicia el bebé
vojvodinja je Alice ponudila otroka
"¡Aquí! ¡Puedes amamantar un poco al bebé, si quieres!"
»Tukaj! Lahko otroka malo dojiš, če hočeš!"
Y le arrojó al bebé mientras hablaba
in ko je govorila, je vrgla otroka vanjo
"Tengo que ir a prepararme para jugar al croquet con la reina"
"Moram iti in se pripraviti na igranje kroketa s kraljico"
Y se apresuró a salir de la habitación
in pohitela je iz sobe
Alicia atrapó al bebé con cierta dificultad
Alice je otroka ujela z nekaj težavami
porque era una criatura de forma muy extraña
ker je bilo zelo nenavadno oblikovano majhno bitje
Y el bebé extendió los brazos y las piernas en todas direcciones
in otrok je iztegnil roke in noge v vse smeri
«Será mejor que me lleve a este niño conmigo», pensó Alicia
"Raje vzamem tega otroka s seboj," je pomislila Alice
"Seguro que matarán a este bebé en uno o dos días"
"Zagotovo bodo ubili tega otroka čez dan ali dva"
—¿No sería un asesinato dejar atrás a este bebé?
"Ali ne bi bil umor, če bi pustili tega otroka za seboj?"
Dijo las últimas palabras en voz alta
Zadnje besede je izrekla na glas
Y la cosita gruñó en respuesta
in majhna stvar je v odgovor zamrmljala
—Será mejor que no te conviertas en un cerdo, querida —dijo Alicia—
"Bolje je, da se ne spremeniš v prašiča, draga moja," je rekla Alice
"o de lo contrario no tendré nada más que ver contigo"
"ali pa ne bom imel nič več s tabo"
Alicia empezaba a pensar para sí misma:
Alice je ravno začela razmišljati:

"Ahora, ¿qué voy a hacer con esta criatura cuando la lleve a casa?"
»Kaj naj storim s tem bitjem, ko ga pripeljem domov?«
Pero entonces la pequeña criatura gruñó un poco violentamente
potem pa je majhno bitje malo silovito godrnjalo
y Alicia lo miró a la cara con cierta alarma
in Alice je pogledala navzdol v njegov obraz v nekem strahu
Esta vez no podía haber error al respecto
Tokrat pri tem ni moglo biti napake
No era ni más ni menos que un cerdo
ni bil nič več ne manj kot prašič
Así que dejó a la pequeña criatura en el suelo
Zato je položila malo bitje
y la pequeña criatura se aleja trotando tranquilamente hacia el bosque
in majhno bitje je tiho odklo v gozd
Alicia se sintió bastante aliviada al ver que la criatura se iba
Alice je občutila olajšanje, ko je videla, kako bitje odhaja
Alicia se sobresaltó un poco al ver al Gato de Cheshire
Alice je bila nekoliko presenečena, ko je videla Cheshire-Cat
Estaba sentado en la rama de un árbol a pocos metros de distancia
sedel je na veji drevesa nekaj metrov stran
El gato solo sonrió cuando la vio
Mačka se je samo nasmehnila, ko jo je zagledala
—Gato de Cheshire —empezó Alicia, bastante tímidamente—
»Cheshire-mačka,« je začela Alice precej sramežljivo
—¿Podría decirme, por favor, qué camino debo tomar desde aquí?
"Ali mi lahko prosim poveste, v katero smer naj grem od tukaj?"
—En esa dirección —dijo el gato—
"V to smer," je rekel maček
Y agitó la pata derecha
in zamahnil je z desno šapo

"En esa dirección vive un fabricante de sombreros"
"V tej smeri živi izdelovalec klobukov"
Y entonces el gato agitó su otra pata
In potem je mačka zamahnila z drugo šapo
"Y en esa dirección vive una liebre de marzo"
"In v tej smeri živi marčevski zajček"
"Visita a cualquiera de los que quieras; los dos están locos"
»Obiščite kateregakoli želite; oba sta nora"
—Pero yo no quiero andar entre locos —comentó Alicia—
»Ampak nočem iti med norce,« je pripomnila Alice
—Oh, no puedes evitarlo —dijo el Gato—
"Oh, ne moreš si pomagati," je rekel Mačka
"Aquí estamos todos locos"
"Tukaj smo vsi jezni"
"¿Vas a jugar al croquet con la reina hoy?"
"Ali danes igraš kroket s kraljico?"
—Me gustaría mucho —dijo Alicia—
»Zelo bi si želela,« je rekla Alice
"pero todavía no me han invitado"
"ampak še nisem bil povabljen"
—Allí me verás —dijo el Gato—
»Tam me boš videl,« je rekel Mačka
Y de un momento a otro el gato desapareció
in od trenutka do trenutka je mačka izginila
pronto Alicia llegó a la vista de la casa de la liebre de marzo
kmalu je Alice zagledala hišo maršičnega zajca
Era una casa muy grande
To je bila zelo velika hiša
así que Alicia no quiso acercarse a la casa
zato se Alice ni želela približati hiši
Primero tuvo que mordisquear un poco más del trozo de champiñón del lado izquierdo
Najprej je morala grizljati še nekaj koščka gobe na levi strani

Una fiesta de té loca
nora čajanka

Delante de la casa había un árbol
Pred hišo je bilo drevo
y debajo del árbol había una mesa
pod drevesom pa je bila miza
y la mesa estaba puesta con toda clase de cubiertos
miza pa je bila postavljena z vsemi vrstami jedilnega pribora
La Liebre de Marzo y el Sombrerero estaban sentados a la mesa
Marčevski zajček in izdelovalec klobukov sta bila za mizo
y juntos estaban tomando el té
in skupaj sta pila čaj
Un lirón estaba sentado entre ellos
med njima je sedel polh
y el lirón se durmió profundamente
in polh je trdno spal
La mesa era de un tamaño extraordinario
Miza je bila izjemne velikosti
Pero la mayor parte de la mesa estaba desocupada
Toda večina mize je bila nezasedena
Se sentaron apiñados en una esquina de la mesa
sedeli so skupaj v enem kotu mize
y, sin embargo, se excusaban cuando veían a Alicia
pa vendar so se opravičevali, ko so videli Alice
"¡No hay espacio! ¡No hay lugar!", gritaron
"Ni prostora! Ni prostora!« so vzkliknili
-¡Hay sitio de sobra! -exclamó Alicia indignada-
»Prostora je veliko!« je ogorčeno rekla Alice
En un extremo de la mesa había un gran sillón
na enem koncu mize je bil velik naslanjač
y Alicia se sentó en el sillón
in Alice se je usedla v naslanjač
El sombrerero abrió mucho los ojos
Izdelovalec klobukov je zelo široko odprl oči
No podía creer lo que estaba viendo
ni mogel verjeti, kaj je videl

Pero su mente tenía curiosidad por otras cosas

Toda njegov um je bil radoveden o drugih stvareh

—¿Por qué un cuervo es como un escritorio?

»Zakaj je krokar podoben pisalni mizi?«

Alicia estaba abierta al reto

Alice je bila odprta za izziv

"Me alegro de que hayan empezado a hacer adivinanzas"

"Vesel sem, da so začeli postavljati uganke"

—Creo que puedo adivinarlo —añadió en voz alta—

"Verjamem, da lahko to uganem," je dodala na glas

La liebre de marzo sintió curiosidad por Alicia

Maršični zajček je postal radoveden glede Alice

"¿De verdad crees que puedes encontrar la respuesta?"

"Ali res misliš, da lahko najdeš odgovor?"

—Creo que puedo encontrar la respuesta —dijo Alicia—

"Mislim, da lahko resnično najdem odgovor," je rekla Alice

—Entonces deberías decir lo que quieres decir —prosiguió la liebre de la marcha—

»Potem bi moral povedati, kaj misliš,« je nadaljeval zajček

—Digo lo que quiero decir —respondió Alicia apresuradamente—

»Govorim, kar mislim,« je naglo odgovorila Alice

"por lo menos quiero decir lo que digo"

"Vsaj mislim, kar rečem"

"Es lo mismo, ¿sabes?"

"To je ista stvar, veste"

El lirón también contribuyó a la conversación

K pogovoru je prispeval tudi polh

Pero el lirón parecía estar hablando en sueños

toda zdelo se je, da polh govori v spanju

"Respiro cuando duermo"

"Diham, ko spim"

"¡Duermo cuando respiro!"

"Spim, ko diham!"

"Bien podría decirse que también son lo mismo"

"Lahko bi tudi rekli, da so enaki"

-A ti te pasa lo mismo -dijo el sombrerero-

»Enako je s tabo,« je rekel izdelovalec klobukov
Y echó un poco de té en la nariz del lirón
in polil je malo čaja na nos puha
El Lirón sacudió la cabeza con impaciencia
Polh je nestrpno zmajal z glavo
Y volvió a hablar el Lirón, sin abrir los ojos
in polh je spet spregovoril, ne da bi odprl oči
"Por supuesto, por supuesto que es lo mismo"
"Seveda, seveda je enako"
"eso es justo lo que iba a decir yo mismo"
"To je samo tisto, kar sem hotel reči"

El sombrerero se volvió hacia Alicia y le hizo otra pregunta
Izdelovalec klobukov se je obrnil k Alice in zastavil še eno vprašanje
—¿Ya has adivinado el enigma?
"Si že uganil uganko?"
—No, me rindo —concedió Alicia—
»Ne, obupam,« je priznala Alice
"¿Cuál es la respuesta?", quiso saber
"Kakšen je odgovor?" je želela vedeti
—No tengo la menor idea —dijo el sombrerero—

"Nimam niti najmanjšega pojma," je rekel izdelovalec
klobukov
-Ni yo lo sé -dijo la liebre-
»Niti ne vem,« je rekel maršični zajček
Alicia dio un suspiro de cansancio
Alice je utrujeno vzdihnila
**"Hay mejores usos del tiempo que los enigmas sin
respuestas"**
"Obstajajo boljše uporabe časa kot uganke brez odgovorov"
**-¡Toma un poco más de té! -dijo la liebre a Alicia, muy
seriamente-**
»Popijte še malo čaja,« je maršični zajček zelo resno rekel Alici
Alicia se sintió bastante ofendida por la oferta
Alice je bila precej užaljena zaradi ponudbe
—Todavía no he tomado el té —respondió Alicia—
»Čaja še nisem pila,« je odgovorila Alice
"por lo tanto, no puedo tomar más té"
"zato ne morem več piti čaja"
**—Quieres decir que no puedes tomar menos té —dijo el
sombrerero—**
"Misliš, da ne moreš imeti manj čaja," je rekel izdelovalec
klobukov
"Es muy fácil llevarse más que nada"
"Zelo enostavno je vzeti več kot nič"
Al oír esto, Alicia se levantó y se marchó
Nato je Alice vstala in odšla
El lirón se durmió al instante
Polh je takoj zaspal
**y ninguno de los otros hizo la menor atención de que ella se
fuera**
in nobeden od drugih ni niti najmanj opazil, da je odšla
aunque miró hacia atrás una o dos veces
čeprav se je enkrat ali dvakrat ozrla nazaj
Intentaban meter el lirón en la tetera
Poskušali so polha spraviti v čajnik
-De todos modos, ¡no volveré a ir allí! -dijo Alicia-
»V vsakem primeru nikoli več ne bom šla tja!« je rekla Alice

Y ella caminó su camino a través del bosque
in hodila je skozi gozd
"Esa fue la fiesta del té más estúpida a la que he ido en mi vida"
"To je bila najbolj neumna čajanka, na kateri sem kdaj bil"
Justo cuando dijo esto, notó algo
Ko je to rekla, je nekaj opazila
Uno de los árboles tenía una puerta que daba directamente a él
Eno od dreves je imelo vrata, ki so vodila naravnost vanj
"¡Eso es muy interesante!", pensó
"To je zelo zanimivo!" je pomislila
"Creo que es mejor que pase por la puerta"
"Mislim, da lahko tudi grem skozi vrata"
Y entró por la puerta
In skozi vrata je šla
Una vez más se encontró en el largo pasillo
Spet se je znašla v dolgi dvorani
De nuevo estaba cerca de la mesita de cristal
spet je bila blizu steklene mize
Ella tomó la pequeña llave de oro
Vzela je mali zlati ključ
Y abrió la puerta que daba al jardín
in odklenila je vrata, ki so vodila na vrt
Luego se puso manos a la obra mordisqueando el hongo
Nato se je lotila grizljanja gobe
Había guardado un trozo de la seta en el bolsillo
v žepu je imela kos gobe
Y, por último, medía alrededor de un metro de altura
in končno je bila visoka približno meter
Luego caminó por el pequeño pasillo
Nato je hodila po majhnem hodniku
Y entonces finalmente se encontró en el hermoso jardín
in potem se je končno znašla na čudovitem vrtu
y ella estaba entre la flor brillante y las fuentes frescas
in bila je med svetlimi cvetovi in hladnimi vodnjaki

El campo de croquet de la reina
Kraljičino igrišče za kroket

Un gran rosal se alzaba cerca de la entrada del jardín
Ob vhodu v vrt je stala velika vrtnica
Las rosas que crecían en el árbol eran blancas
vrtnice, ki so rasle na drevesu, so bile bele
Pero había tres jardineros pintando la rosa
vendar so vrtnico slikali trije vrtnarji
Estaban ocupados pintando las rosas de rojo
Vrtnice so marili rdeče
y Alicia los miraba pintar las rosas de rojo
in Alice jih je opazovala, kako rdeče barvajo vrtnice
y de repente sus ojos se posaron por casualidad en Alicia
in nenadoma so njihove oči padle na Alice
Alicia habló un poco tímidamente
Alice je govorila nekoliko sramežljivo
—¿Podría decírmelo, por favor?
"Bi mi lahko povedali, prosim?"
"¿Por qué están pintando todas esas rosas?"
"Zakaj vsi barvate te vrtnice?"
Cinco y siete no dijeron nada, pero miraron a dos
pet in sedem nista rekla ničesar, ampak sta pogledala dva
Dos hablaron, en voz baja
dva sta govorila tiho
"Vaya, el hecho es que ya lo ve, señora"
»Dejstvo je, vidite, gospa«
"Esto de aquí debería haber sido un rosal rojo"
"To bi morala biti rdeča vrtnica"
"Y pusimos un rosal blanco por error"
»In pomotoma smo vanjo vstavili belo vrtnico«
"Como estarás de acuerdo, la Reina no debe enterarse"
"Kot se strinjate, kraljica ne sme izvedeti"
"De lo contrario, nos cortarían la cabeza a todos"
"drugače bi nam vsem odrezali glave"
"Así que ya ve, señora, estamos haciendo lo mejor que podemos"
"Torej, vidite, gospa, delamo vse, kar je v naši moči"

**La Carta Cinco había estado mirando ansiosamente a través
del jardín**
Kartica pet je nestrpno gledala čez vrt
En ese momento, la carta cinco gritó: "¡La reina! ¡La reina!"
V tem trenutku je peta karta zaklicala: »Kraljica! Kraljica!«
Y los tres jardineros se escabulleron al instante
in trije vrtnarji so takoj odšli
Y se arrojaron de bruces
in vrgli so se ravno na obraz
Se oyó el sonido de muchos pasos
Slišal se je zvok številnih korakov
Alicia miró a su alrededor, ansiosa por ver a la reina
Alice se je ozrla naokoli, nestrpna, da bi videla kraljico
Al comienzo de la procesión había diez soldados
Na začetku procesije je bilo deset vojakov
Sus manos y pies estaban en las esquinas
njihove roke in noge so bile v kotih
y en sus manos y pies había garrotes
v rokah in nogah pa so imeli palice
Luego vinieron los diez cortesanos
Sledilo je deset dvorjanov
Los cortesanos estaban adornados con diamantes
dvorjani so bili povsod okrašeni z diamanti
Después de los cortesanos venían los hijos reales
Po dvorjanih so prišli kraljevi otroci
Eran diez los hijos de la realeza
Kraljevih otrok je bilo deset
y todos los niños reales estaban adornados con corazones
in vsi kraljevi otroci so bili okrašeni s srci
Luego vinieron los invitados; en su mayoría reyes y reinas
Sledili so gostje; večinoma kralji in kraljice
y entre los reyes y la reina, Alicia vio a alguien
in med kralji in kraljico je Alice videla nekoga
Volvió a ver al conejo blanco que había perseguido
Spet je zagledala belega zajca, ki ga je lovila
La procesión fue seguida por la sota de los corazones
Procesiji je sledil src

Llevaba la corona del rey
nosil je kraljevo krono
y la corona del rey estaba sobre un cojín de terciopelo carmesí
kraljeva krona pa je bila na škrlatni žametni blazini
Y entonces llegó el final de esta gran procesión
In potem je prišel konec te velike procesije
Y allí, al final, estaban el Rey y la Reina de Corazones
In tam na koncu sta bila kralj in kraljica src.
la procesión venía frente a Alicia
procesija je prišla nasproti Alice
Y todos se detuvieron y la miraron
in vsi so se ustavili in jo pogledali
Y la reina dijo severamente: "¿Quién es éste?"
in kraljica je strogo rekla: "Kdo je to?"
Se lo dijo a la Sota de Corazones
To je rekla Srčnemu Knave
Pero él se limitó a hacer una reverencia y a sonreír en respuesta
vendar se je samo priklonil in se nasmehnil v odgovor
Alicia habló muy cortésmente
Alice je govorila zelo vljudno
"Mi nombre es Alicia, así que por favor, su majestad"
"Moje ime je Alice, zato prosim, vaše veličanstvo"
Pero ella tenía otros pensamientos para sí misma
vendar je imela druge misli zase
"¡Después de todo, son solo un mazo de cartas!"
"Navsezadnje so samo paket kart!"
"¿Sabes jugar al croquet?", gritó la reina
"Znaš igrati kroket?" je zavpila kraljica
Era evidente que la pregunta iba dirigida a Alicia
Vprašanje je bilo očitno namenjeno Alice
-¡Sí! -dijo Alicia en voz alta-
»Da!« je glasno rekla Alice
—¡Ven a jugar! —rugió la reina—
"Pridite se torej igrati!" je zagrmela kraljica
una voz tímida le habló a Alicia

plašen glas je spregovoril z Alice

"¡Es un día muy hermoso!"

"Zelo lep dan je!"

Caminaba junto al conejo blanco

Hodila je mimo belega zajca

y el Conejo Blanco la miraba ansiosamente a la cara

in Beli zajček ji je zaskrbljeno pokukal v obraz

—Un día muy bueno —confirmó Alicia—

»res zelo lep dan,« je potrdila Alice

—¿Dónde está la duquesa?

"Kje je vojvodinja?"

"¡Silencio! ¡Silencio!", dijo el Conejo

"Tišina! Tišina!« je rekel Zajček

"Está condenada a muerte"

"Obsojena je na usmrtitev"

—¿Por qué la ejecutan? —preguntó Alicia

"Zakaj jo usmrtijo?" je vprašala Alice

—Le ha rayado las orejas a la reina —empezó a decir el conejo—

»Kraljičini je odrgnila ušesa,« je začel zajček

—gritó la Reina con voz de trueno—

Kraljica je zakričala z gromovitim glasom

"¡Vayan a sus lugares!"

"Pojdite na svoja mesta!"

Y la gente empezó a correr en todas direcciones

in ljudje so začeli teči naokoli v vse smeri

y todos tropezaron unos con otros

in vsi so se zrušili drug proti drugemu

Sin embargo, se calmaron en uno o dos minutos

Vendar so se umirili v minuti ali dveh

Y entonces comenzó el juego

In potem se je začela igra

Alicia nunca había visto un campo de croquet tan curioso

Alice še nikoli ni videla tako nenavadnega igrišča za kroket

La hierba era todo crestas y surcos

trava je bila vsa grebena in brazde

Las bolas de croquet eran erizos de verdad

Žoge za kroket so bili pravi ježi
y los mazos eran flamencos de verdad
in kladiva so bili pravi flamingi
Y los soldados se pusieron de pie sobre sus manos y sus pies
vojaki so stali na rokah in nogah
porque los arcos estaban hechos de sus cuerpos
ker so bili loki narejeni iz njihovih teles
Todos los jugadores jugaron a la vez
Vsi igralci so igrali naenkrat
Nadie esperó su turno
nihče ni čakal, da pridejo na vrsto
y todos se peleaban con todos
in vsi so se prepirali z vsemi
y todos luchaban por los erizos
in vsi so se borili za ježe
Pronto la reina se vio presa de una furiosa pasión
Kmalu je bila kraljica v besni strasti
Y empezó a patalear y a gritar
in začela je stopati naokoli in kričati
"¡Córtale la cabeza!"
"Odreži mu glavo!"
"¡Córtale la cabeza!"
"Odreži ji glavo!"
"¡Córtale la cabeza a todos!"
"Odrežite jim vse glave!"
De nuevo Alicia pensó para sí misma
Alice je spet pomislila
"Son terriblemente aficionados a decapitar a la gente aquí"
"Tukaj strašno radi obglavljajo ljudi"
"¡La gran maravilla es que quede alguien vivo!"
"Veliko čudež je, da je kdo ostal živ!"
Buscaba alguna vía de escape
Iskala je kakšen pobeg
Notó una curiosa apariencia en el aire
opazila je nenavaden videz v zraku
«Es el gato de Cheshire», se dijo a sí misma
»To je Cheshire-mačka,« si je rekla

"**Ahora tendré a alguien con quien hablar**"
"Zdaj bom imel nekoga, s katerim se bom lahko pogovarjal"
—**¿Cómo te va?** —**preguntó el gato**
»Kako ti gre?« je vprašala mačka
—**No creo que jueguen nada limpio** —**dijo Alicia**—
"Mislim, da sploh ne igrajo pošteno," je dejala Alice
Y tenía un tono bastante quejumbroso
in imela je precej pritožujoč ton
"**Todos se pelean tan terriblemente**"
"Vsi se tako strašno prepirajo"
"**Uno no se oye hablar**"
"Človek se ne sliši govoriti"
"**Y no parecen jugar con ninguna regla**"
"In zdi se, da ne igrajo po nobenih pravilih"
el gato le hizo una pregunta a Alicia en voz baja
mačka je Alice postavila vprašanje s tihim glasom
—**¿Qué te parece la reina?**
"Kako ti je všeč kraljica?"
—**No me gusta nada** —**dijo Alicia**—
»Sploh mi ni všeč,« je rekla Alice

Alicia pensó que sería mejor que volviera
Alice je mislila, da bi se lahko vrnila
Quería ver cómo iba el partido
želela je videti, kako poteka igra
Se fue en busca de su erizo
odšla je iskat svojega ježa
El erizo estaba ocupado luchando contra otro erizo
Jež je bil zaposlen z bojem z drugim ježem
Esta fue una excelente oportunidad
To je bila odlična priložnost
Podía hacer croquet a un erizo con el otro
z drugim je lahko kroketirala enega ježa
Pero su flamenco estaba al otro lado del jardín
toda njen flamingo je bil na drugi strani vrta
El flamenco era bastante torpe
Flamingo je bil precej neroden
Su flamenco intentaba volar hacia un árbol
njen flamingo je poskušal leteti v drevo
Atrapó al flamenco por la pierna
Flaminga je ujela za nogo
Y guardó el flamenco bajo el brazo
in flaminga je skrčila pod roko
De esa manera, el flamenco no pudo escapar de nuevo
Tako flamingo ni mogel več pobegniti
Justo en ese momento Alicia se encontró con la duquesa
Ravno takrat je Alice slučajno srečala vojvodinjo
La duquesa ya había salido de la cárcel
Vojvodinja je bila zdaj iz zapora
Metió cariñosamente su brazo bajo el brazo de Alicia
Ljubeče je potisnila roko pod Alicino roko
Y luego se fueron juntos
in potem sta skupaj odšla
Alicia se alegró mucho de encontrarla de tan buen humor
Alice je bila zelo vesela, da jo je našla v tako prijetni naravi
Sin embargo, estaba un poco asustada
Vendar je bila nekoliko presenečena
Oyó la voz de la duquesa cerca de su oído

Slišala je glas vojvodinje blizu ušesa
"Estás pensando en algo, querida"
"Razmišljaš o nečem, draga moja"
"Y eso hace que te olvides de hablar"
"In zaradi tega pozabite govoriti"
—El juego va bastante mejor ahora —dijo Alicia—
"Igra se zdaj odvija precej bolje," je dejala Alice
Era una forma de mantener la conversación
to je bil eden od načinov za nadaljevanje pogovora
-Así es -dijo la duquesa-
»Res je,« je rekla vojvodinja
"Y la moraleja de eso es esta:"
"In nauk tega je naslednji:"
"¡Es el amor el que lo hace todo!"
"Ljubezen je tista, ki naredi vse!"
"El amor es lo que hace que el mundo gire"
"Ljubezen je tisto, kar poganja svet"
Alicia tenía otra explicación
Alice je imela drugo razlago
"¡Lo hace todo el mundo ocupándose de sus propios asuntos!"
"To počne vsakdo, ki gleda svoje posle!"
—¡Ah, bueno! Podrías tener razón"
»Ah, no! Lahko imaš prav"
-Todo significa lo mismo -dijo la duquesa-
»Vse to pomeni skoraj isto,« je rekla vojvodinja
y hundió su afilada barbilla en el hombro de Alicia
in zakopala je svojo ostro brado v Alicino ramo
"Y la moraleja de eso es esta"
"In nauk tega je to"
"Cuida el sentido"
"Poskrbite za smisel"
"Y entonces los sonidos se encargarán de sí mismos"
"In potem bodo zvoki poskrbeli sami zase"
Pero entonces el brazo de la duquesa empezó a temblar
potem pa se je vojvodinjina roka začela tresti
Alicia alzó la vista y allí estaba la reina

Alice je pogledala navzgor in tam je stala kraljica
La reina tenía los brazos cruzados
Kraljica je imela prekrižane roke
¡Y ella fruncía el ceño como una tormenta eléctrica!
In namrščila se je kot nevihta!
—Te advierto —gritó la reina—
"Pošteno vas opozarjam," je zavpila kraljica
Y pisoteó el suelo mientras hablaba
in ko je govorila, je stopila po tleh
"O tu cabeza o la suya deben estar cortadas"
"Ali mora biti tvoja glava ali njena glava odstranjena"
"¡Toma tu decisión!"
"Izberite!"
"Y ser rápido al respecto"
"In bodite hitri pri tem"
La duquesa hizo su elección
Vojvodinja se je odločila
Y al cabo de un instante la duquesa se fue
in v trenutku vojvodinje ni več
Entonces la reina le habló a Alicia
Nato je kraljica spregovorila z Alico
"Sigamos con el juego"
"Nadaljujmo z igro"
Alicia estaba demasiado asustada para decir una palabra
Alice je bila preveč prestrašena, da bi rekla besedo
Y la siguió lentamente hasta el campo de croquet
in počasi ji je sledila nazaj do igrišča za kroket
Todo el tiempo la Reina se peleó con los otros jugadores
Ves čas se je kraljica prepirala z drugimi igralci
"¡Córtale la cabeza!"
"Odreži mu glavo!"
"¡Córtale la cabeza!"
"Odreži ji glavo!"
"¡Córtale la cabeza a todos!"
"Odrežite jim vse glave!"
Pronto todos los jugadores estaban bajo custodia
Kmalu so bili vsi igralci v priporu

solo quedaron el rey, la reina y Alicia
ostali so samo kralj, kraljica in Alice
Entonces la reina se marchó, casi sin aliento
Nato je kraljica odšla, povsem zadihana
y se fue con Alicia
in odšla je z Alice
Alicia oyó que el rey decía algo en voz baja
Alice je slišala, kako je kralj tiho rekel nekaj
"Estáis todos perdonados"
"Vsi ste oproščeni"
Pero de repente se oyó otro grito
toda nenadoma se je zaslišal še en krik
"¡El juicio está comenzando!"
"Sojenje se začenja!"
y Alicia corrió con los demás
in Alice je tekla skupaj z ostalimi

¿Quién robó las tartas?

Kdo je ukradel torte?

El rey y la reina de corazones estaban sentados

Kralj in kraljica src sta sedela

estaban en su trono cuando llegó Alicia

bili so na prestolu, ko je prišla Alice

Había una gran multitud reunida a su alrededor

okoli njih se je zbrala velika množica

Había todo tipo de pajaritos y bestias

Tam so bile vse vrste majhnih ptic in zveri

Y allí estaba toda la baraja de cartas

In tam je bil celoten paket kart

La sota estaba de pie frente a ellos, encadenada

Ždreb je stal pred njimi, v verigah

y había un soldado a cada lado para custodiarlo

in na vsaki strani je bil vojak, ki ga je varoval

cerca del Rey estaba el conejo blanco

blizu kralja je bil beli zajec

Tenía una trompeta en una mano

v eni roki je imel trobento

y tenía un rollo de pergamino en la otra mano

v drugi roki pa je imel zvitek pergamenta

En el centro del patio había una mesa

Na sredini dvorišča je bila miza

Sobre la mesa había un gran plato de tartas

Na mizi je bila velika posoda s tortami

«Ojalá hicieran el juicio», pensó Alicia

"Želim si, da bi opravili sojenje," je pomislila Alice

—¡Entonces podríamos comer algunos de esos refrescos!

"Potem bi lahko pojedli nekaj teh osvežilnih pijač!"

El juez, por cierto, era el rey
Mimogrede, sodnik je bil kralj
y llevaba su corona sobre su gran peluca
in nosil je svojo krono čez svojo veliko lasuljo
«Ésa es la tribuna del jurado», pensó Alicia
»To je porotniška loža,« je pomislila Alice
"Y esas doce criaturas, supongo que son los miembros del jurado"
"In tistih dvanajst bitij, mislim, da so porotniki"
algunos eran animales y otros eran pájaros
nekatere so bile živali, nekatere pa ptice
En ese momento el conejo blanco gritó
Ravno takrat je zakričal beli zajec
"¡Silencio en la corte!"
"Tišina na sodišču!"
"¡Heraldo, lee la acusación!", dijo el rey
»Herald, preberi obtožbo!« je rekel kralj
El Conejo Blanco tocó tres veces la trompeta
Beli zajec je trikrat zapihnil na trobento
Luego desenrolló el rollo de pergamino
Nato je odvil pergamentni zvitek
Y leyó lo siguiente:
in prebral je naslednje:
"La reina de corazones, hizo unas tartas"

"Kraljica src, naredila je nekaj torte,"
"Todo esto lo hizo en un día de verano"
"Vse to je naredila na poletni dan"
"La sota de los corazones, robó esas tartas"
"Src je ukradel tiste torte"
—¡Y se llevó esas tartas muy lejos!
"In tiste torte je vzel daleč!"
—Llama al primer testigo —dijo el rey—
»Pokličite prvo pričo,« je rekel kralj
y el conejo blanco tocó tres veces la trompeta
in beli zajček je trikrat zapihnil na trobento
"¡Traigan al primer testigo!", gritó
»Pripeljite prvo pričo!« je zaklical
El primer testigo fue el sombrerero
Prva priča je bil izdelovalec klobukov
Entró con una taza de té en una mano
prišel je s skodelico čaja v eni roki
Y tenía un pedazo de pan con mantequilla en la otra mano
v drugi roki pa je imel kos kruha in masla
—Tendrías que haber terminado —dijo el rey—
»Moral bi končati,« je rekel kralj
—¿Cuándo empezaste?
"Kdaj ste začeli?"
El sombrerero miró a la liebre de marcha
Izdelovalec klobukov je pogledal maršičnega zajca
La Liebre de Marzo lo había seguido hasta el patio
Marčevski zajček mu je sledil na dvorišče
Había caminado del brazo del lirón
hodil je z roko v roki s polhom
—El catorce de marzo, creo que fue —dijo—
"Mislim, da je bilo štirinajstega marca," je dejal
—Da tu testimonio —dijo el rey—
»Podajte svoje dokaze,« je rekel kralj
"Y no te pongas nervioso, o te haré ejecutar en el acto"
"in ne bodi nervozen, ali te bom usmrtil na kraju samem"
Esto no pareció animar en absoluto al testigo
Zdi se, da to priče sploh ni spodbudilo

Seguía moviéndose de un pie al otro
Nenehno se je premikal z ene noge na drugo
Y miró inquieto a la reina
in nelagodno je pogledal kraljico
Y, en su confusión, mordió un gran trozo de su taza de té
in v svoji zmedenosti je ugriznil velik kos iz skodelice čaja
En realidad, tenía la intención de morder de su pan y mantequilla
v resnici je nameraval ugrizniti svoj kruh in maslo
Justo en ese momento, Alicia sintió una sensación muy curiosa
Ravno v tem trenutku je Alice začutila zelo nenavaden občutek
Empezaba a crecer de nuevo
spet je začela rasti
Al miserable sombrerero se le cayó la taza de té
Nesrečni izdelovalec klobukov je spustil skodelico čaja
y el pan y la mantequilla cayeron al suelo
in kruh in maslo sta padla na tla
Y cayó sobre una rodilla
in pokleknil je na eno koleno
—Soy un pobre hombre, majestad —comenzó—
»Ubog sem človek, vaše veličanstvo,« je začel
—Eres un orador muy malo —dijo el rey—
"Zelo slab govornik si," je rekel kralj
—Puedes irte —dijo el rey—
»Lahko greš,« je rekel kralj
Y el sombrerero abandonó apresuradamente el patio
in izdelovalec klobukov je naglo zapustil dvorišče
—¡Llama al próximo testigo! —dijo el rey—
»Pokličite naslednjo pričo!« je rekel kralj
El siguiente testigo fue el cocinero de la duquesa
Naslednja priča je bila vojvodinjina kuharica
Llevaba la caja de pimienta en la mano
V roki je nosila škatlo s poprom
Y la gente que estaba cerca de la puerta empezó a estornudar de repente

in ljudje blizu vrat so začeli kihati naenkrat
—Da tu testimonio —dijo el rey—
»Podajte svoje dokaze,« je rekel kralj
-No daré ninguna prueba -dijo el cocinero-
»Ne bom pričal,« je rekel kuhar
El rey miró ansiosamente al conejo blanco
Kralj je zaskrbljeno pogledal belega zajca
Y el conejo blanco habló en voz baja
in beli zajček je govoril s tihim glasom
"Su Majestad debe interrogar a este testigo"
"Vaše veličanstvo mora navzkrižno zaslišati to pričo"
"Bueno, si debo, debo", dijo el rey
"No, če moram, moram," je rekel kralj
"¿De qué están hechas las tartas?"
"Iz česa so narejene torte?"
—Las tartas están hechas de pimienta, en su mayoría —dijo
el cocinero—
"Torte so večinoma narejene iz popra," je dejal kuhar
Durante algunos minutos, toda la corte estuvo en confusión
Nekaj minut je bilo celotno sodišče zmedeno
Con el tiempo, todos se calmaron de nuevo
sčasoma so se vsi spet umirili
Pero para entonces el cocinero había desaparecido
toda do takrat je kuhar izginil
"¡No importa!", dijo el rey
»Ni pomembno!« je rekel kralj
"Llamar al estrado al próximo testigo"
»Pokličite naslednjo pričo«
Alicia observó al conejo blanco mientras él repasaba a
tientas la lista
Alice je opazovala belega zajca, ko je brskal po seznamu
Puedes imaginar su sorpresa por lo que escuchó a
continuación
Lahko si predstavljate njeno presenečenje nad tem, kar je
slišala naslednje
con su vocecita estridente, llamó el nombre de «¡Alicia!»
na vrh svojega prodornega glasu je klical ime "Alice!"

La evidencia de Alicia

Alicini dokazi

-¡Aquí! -exclamó Alicia-

»Tukaj!« je vzkliknila Alice

Se levantó de un salto a toda prisa

Skočila je v veliki naglici

Y volcó el estrado del jurado

in prevrnila je porotniško ložo

y derribó a todos los miembros del jurado

in prevrnila je vse porotnike

y cayeron sobre las cabezas de la muchedumbre de abajo

in padli so na glave množice spodaj

Alicia estaba muy consternada

Alice je bila zelo osupla

"¡Oh, le ruego que me perdone!", exclamó

»Oh, oprostite!« je vzkliknila

—El juicio no puede continuar —dijo el rey—

»Sojenje se ne more nadaljevati,« je rekel kralj

"Los miembros del jurado deben volver a ocupar su lugar"

"Porotniki se morajo vrniti na svoja mesta"

Repitió la orden con gran énfasis

Ukaz je ponovil z velikim poudarkom

y miró a Alicia con severidad

in strogo je pogledal Alice

—¿Qué sabe usted de estos acontecimientos? —preguntó el rey a Alicia

»Kaj veš o teh dogodkih?« je kralj vprašal Alico

—No sé nada sobre el tema —dijo Alicia—

»O tej temi ne vem ničesar,« je rekla Alice

Entonces el rey leyó de su libro

Kralj je nato prebral iz svoje knjige

"Regla cuarenta y dos"

"Pravilo štirideset dva"

"Todas las personas que tengan más de una milla de altura deben abandonar el tribunal"

"Vse osebe, ki so višje od milje, morajo zapustiti sodišče"

—No mido ni una milla de altura —dijo Alicia—

"Nisem visoka niti kilometer," je rekla Alice
—**Casi dos millas de altura** —dijo la Reina—
»Skoraj dve milji visoko,« je rekla kraljica

—**Bueno, me niego a ir** —dijo Alicia—
»No, nočem iti,« je rekla Alice
El rey palideció
Kralj je zbledel
Y cerró apresuradamente su cuaderno de notas
in na hitro je zaprl beležnico
"Consideren su veredicto", le dijo al jurado
"Razmislite o svoji razsodbi," je rekel poroti
Habló en voz baja y temblorosa
Govoril je s tihim, drhtečim glasom
Entonces habló el conejo blanco
Potem je spregovoril beli zajček
"Todavía hay más pruebas por venir"
"Še vedno prihaja več dokazov"
Y se levantó de un salto a toda prisa
in v veliki naglici je skočil
"Este papel acaba de ser recogido"

"Ta papir je bil pravkar sprejet"
"Parece ser una carta escrita por el prisionero"
"Zdi se, da je to pismo, ki ga je napisal zapornik"
Desdobló el papel mientras hablaba
Medtem ko je govoril, je razgrnil papir
"Al fin y al cabo, no es una carta"
"Navsezadnje to ni pismo"
"Lo que era era un conjunto de versos"
»Kar je bilo, je bil niz verzov«
—Por favor, majestad —dijo el bribón—
»Prosim, vaše veličanstvo,« je rekel knev
"Yo no escribí esos versos"
"Nisem napisal teh verzov"
"y no pueden probar que yo escribí nada"
"in ne morejo dokazati, da sem kaj napisal"
"No hay ningún nombre firmado al final"
"Na koncu ni podpisanega imena"
El rey le habló a la sota
Kralj je govoril s kneževom
"Debes haber tenido la intención de causar algún daño"
"Verjetno ste želeli narediti kakšno hudodelstvo"
**"De lo contrario, habrías firmado con tu nombre como un
hombre honrado"**
"drugače bi se podpisal kot pošten človek"
Hubo un aplauso general
Slišalo se je splošno ploskanje z rokami
Y el rey se volvió hacia el conejo blanco
in kralj se je obrnil k belemu zajcu
—Lee los versos —ordenó—
»Preberite verze,« je ukazal
Hubo un silencio sepulcral en la corte
Na dvorišču je bila mrtva tišina
Y el conejo blanco leyó los versos
in beli zajec je prebral verzi
Me dijeron que habías estado con ella
Povedali so mi, da si bil pri njej
Y me mencionaron a él

In omenili so me mu
Ella me dio un buen carácter
Dala mi je dober značaj
Pero ella dijo que yo no sabía nadar
Toda rekla je, da ne znam plavati
Les mandó decir que yo no había ido
Poslal jim je sporočilo, da nisem šel
Sabemos que es verdad
Vemo, da je res
Si ella insistiera en el asunto, ¿qué sería de ti?
Če bi vztrajala naprej, kaj bi se zgodilo z vami?
Yo le di uno, ellos le dieron dos
Jaz sem ji dal eno, oni so mu dali dva
Nos diste tres o más
Dali ste nam tri ali več
Todos volvieron de él a ti
Vsi so se vrnili od njega k tebi
aunque antes eran míos
čeprav so bili prej moji
Si yo o ella tuviéramos la oportunidad de serlo
Če bi jaz ali ona imela priložnost, da bi bila
Si yo o ella estuviéramos involucrados en este asunto
Če bi bil jaz ali ona vpleten v to afero
Él confía en ti para liberarlos
Zaupa vam, da jih boste osvobodili
Exactamente como estábamos
Natanko takšni, kot smo bili
Mi idea era que tú habías sido
Moja predstava je bila, da ste bili
Antes de que ella tuviera este ataque
Preden je imela ta napad
Un obstáculo que se interpuso entre
Ovira, ki je prišla med
A Él, y a nosotros mismos, y a
On in mi in to
No le dejes saber que a ella le gustaban más
Ne dajte mu vedeti, da so ji najbolj všeč

Porque esto debe ser para siempre un secreto, guardado de todos los demás

Kajti to mora biti za vedno skrivnost, skrita pred vsemi ostalimi

Este secreto debe seguir siendo un secreto entre tú y yo

Ta skrivnost mora ostati skrivnost med vami in mano

El rey quedó muy impresionado

Kralj je bil zelo navdušen

"Esa es la prueba más importante que hemos escuchado hasta ahora"

"To je najpomembnejši dokaz, ki smo ga slišali doslej"

—No creo que esos versos tengan un átomo de significado — objetó Alicia—

"Ne verjamem, da ti verzi nosijo atom pomena," je ugovarjala Alice

el rey tenía su propia opinión al respecto

kralj je imel svoje mnenje o zadevi

"Si no hay significado en esas palabras, eso salva un mundo de problemas"

"Če v teh besedah ni pomena, to reši svet težav"

"Entonces no necesitamos tratar de encontrar el significado"

"Potem nam ni treba poskušati najti pomena"

"Que el jurado considere su veredicto"

"Naj porota razmisli o svoji razsodbi"

-¡No, no! -dijo la reina-

»Ne, ne!« je rekla kraljica

"Primero la sentencia y después el veredicto"

"Najprej obsodba, nato sodba"

-¡Tonterías y tonterías! -exclamó Alicia en voz alta-

"Stvari in neumnosti!" je glasno rekla Alice

"¡Qué tontería es sentenciar al acusado primero!"

"Kako neumno je najprej obsoditi obtož

enca!"

—¡Cállate la lengua! —dijo la reina, poniéndose morada—
»Drži jezik za zubi!« je rekla kraljica in postala vijolična
-¡No me callaré! -exclamó Alicia-
»Ne bom zadrževala jezika!« je rekla Alice
—gritó la Reina a voz en cuello—
Kraljica je zakričala na ves glas
"¡Córtale la cabeza!"
"Odreži ji glavo!"
Nadie hizo un movimiento
Nihče ni naredil gibanja
-¿A quién le importa lo que digas? -dijo Alicia-
»Koga briga, kaj praviš?« je vprašala Alice
Para entonces ya había crecido hasta alcanzar su tamaño
completo
do takrat je zrasla do svoje polne velikosti
"¡No eres más que un mazo de cartas!"
"Nisi nič drugega kot paket kart!"
Al oír esto, todas las cartas se alzaron en el aire
Ob tem so se vse karte dvignile v zrak
Y todas las cartas cayeron volando sobre ella

in vse karte so letele nanjo
Ella dio un pequeño grito
Malo je zakričala
Estaba medio asustada, pero también enojada
bila je napol prestrašena, a tudi jezna
Y trató de quitarse las cartas de encima
in poskušala se je boriti proti kartam
Y entonces se encontró tendida en el banco de hierba
in potem se je znašla ležati na travnatem bregu
Su cabeza estaba en el regazo de su hermana
njena glava je bila v naročju njene sestre
Algunas hojas muertas habían caído en su cara
nekaj mrtvih listov je pristalo na njenem obrazu
Y su hermana estaba cepillando suavemente las hojas
in njena sestra je nežno odstranila listje
-¡Despierta, querida Alicia! -dijo su hermana-
»Zbudi se, draga Alice!« je rekla sestra
—¡Qué sueño tan largo has tenido!
"Kako dolgo si spal!"
-¡Oh, he tenido un sueño tan curioso! -exclamó Alicia-
»Oh, imela sem tako nenavadne sanje!« je rekla Alice
Y le contó a su hermana todo lo que podía recordar
In sestri je povedala vse, česar se je spomnila
todas las extrañas aventuras sobre las que acabas de leer
Vse čudne dogodivščine, o katerih ste pravkar brali
Alicia se levantó y salió corriendo
Alice je vstala in pobegnila
Y pensó, mientras corría, en su sueño
in medtem ko je tekla, je razmišljala o svojih sanjah
—¡Qué sueño tan maravilloso había sido!
»Kako čudovite sanje so bile!«